今日から、あやかし町長です。

糸森 環

富士見L文庫

イラスト　二ツ家あす

目次

第一話　あかあか、綾振り。

ほおずきが赤く色づく季節のころ、七生《ななお》は龍神町《りゅうじんちょう》に帰郷した。

祖父が営む文房具店〈ことのは屋〉を継ぐためだ。

だから、まさか、つくものかみの惣領《そうりょう》に選ばれるなんて、夢にも思っていなかったのだ。

ほんとう、なんでだ？

◆◆◆

両親とともに都心へ引っ越してから、早十年。

時の流れのなかで、龍神町もすっかり変わっただろうと思いきや、そうでもなかった。

あいかわらずのんびりした空気が漂っている。

七生は、スーツケースをごろごろとひっぱりながら、周囲に目をやる。

駅前のレンタカー営業所から商店街までは、およそ徒歩十五分。そのあたりには、複合ビルや大型公共施設、デパートなどが建っている。

龍神町は北海道の西側、かつての石狩《いしかり》国に含まれる小さな町だ。

札幌《さっぽろ》市や小樽《おたる》市が、ちかい。

といっても、町は山々や森に囲まれている。

交通事情の問題があるから、気軽に行き来できるってわけじゃない。

とくに冬場の移動は、たいへんだ。

雪がたっぷり、降る。ここらは豪雪地帯に指定されている。

普通車の免許は一応持っているけれど、身分証明書代わりとしてしか使っていないような、ペーパードライバーだ。

路面ががちがちに凍ってからの運転なんて、死ぬ。

雪が降る前にこっちに戻ってくることができてよかったと、心底思う。

なつかしい道を、しばらく歩く。

本通《ほんどお》りの入り口に作られている鳥居のような赤い門の前で、七生は足をとめた。

このさきが、商店街だ。

門の上部にはお札みたいな看板が取りつけられていて、朱海老《あかえび》本通り、という文字がでかでかと刻まれている。

十年前の記憶を頼りに門を抜け、商店街の中心をつらぬく朱海老本通りを進む。

この本通りを軸にして、龍神町には、殻《から》くれない東通り《ひがしどお》、滾々鶯西通り《こんこんうぐいすにしどお》、蕎麦猩々南通り《そばしょうじょうみなみどお》、洒落蟹北通り《しゃれかにきたどお》と、大きな道が東西南北に、ある。

で、東西南北の通りの入り口には、緑色の門が立っている。

それらも本通りの門同様、鳥居に似た造りだ。

ほかの小道は番地ごとに、碁盤の目状に延びているから、わかりやすいといえばわかりやすい。

目的地は、生家でもある、ことのは屋。

なんてことはない、ごくふつうの文房具屋だ。

おもな取引先は、たわんだ枝のように道がカーブしている〈桜《さくら》さんざか坂《さか》〉の先の小学校。絵の具セットや教材を卸している。

いまは、どうなんだろうか。

スーツケースのハンドルを握り直して、ずんずん進む。

ことのは屋は殻くれない東通りの方角にある。朱海老本通りの七番地から折れると、すぐに着く。

従業員は、祖父が雇った二名。午前のうちに、午後までにはこっちに到着する、と連絡を入れている。

石畳の溝にキャスターがひっかかった。立ちどまって、スーツケースを持ち上げ、またごろごろと鳴らして歩く。

そのうち、奇妙なことに気づく。

ざわめきが聞こえるのに、人の姿がほとんど見当たらない。

たまに忙しそうな勤め人とすれ違うくらいだ。

広い道の左右には、いろいろな店がならんでいる。酒屋に花屋、足袋《たび》屋、喫茶店に中華料理店に理容院。

空き店舗もかなり、めだつ。

あいかわらず、と思っていたけれど、目を凝らせば、やっぱり変化があちこちにある。

すこしずつ鑿《のみ》で削るように、町から活気が失われている。

寂れた空気が、せつない。

十年も離れていたくせに、急に愛郷心がめばえるだなんて、現金すぎるかもしれない。

道沿いにずらりと設置されている、ほおずき形の街灯に視線を向ける。

これらは子どものころにも、あった。

夜になると、祭りの提灯《ちょうちん》のように、あかあかとかがやくのだ。

ほおずき街灯は、東西南北の通りにも置かれている。

上京する前、商店街を通るたびに、年中祭りをしているような町だと思ったものだ。

なつかしさに頬がゆるんだとき、スーツケースのキャスターがまた石畳の溝にひっかかった。立ちどまり、重いスーツケースを両手で持ち上げる。

ふと、目の端に炎の色がよぎった。

いや、ほおずき街灯が動いた？

七生は、ぎょっとした。

街灯に顔を向け、いまなにを見たのか、たしかめる。

「！」

藍《あい》の着物に赤の帯をつけた、十歳程度の女の子が街灯の下に立っている。ふんわりしたおかっぱ頭に、帯の色と同じくらい鮮やかな、大振りの赤い花飾りをつけていた。

女の子は、みっつのお手玉を器用に投げて遊んでいる。

どうやらさっきは、彼女のお手玉が目の端に映ったようだ。

それを、炎と勘違いしたらしい。

なんとなく、じっと見てしまった。

目鼻立ちのはっきりした、かわいい子だ。肌が白いから、まるで紅を差しているように唇が赤く見える。

その子はふいに手をとめ、七生を見つめた。
目が合って、我に返る。
――しまった、なんかいまの俺って、女児を狙う変質者っぽくない？
慌てて顔をそむけ、立ち去ろうとしたが、またもやキャスターの呪いが発動した。
何度、溝にひっかかるんだよ？
焦っているせいもあって、スーツケースを持ち上げる手に力を入れすぎた。
その重みに、足元がふらつく。
くく、と幼い笑い声が耳に滑りこむ。
「ことのは屋の若子《わこ》は、どんくさいね」
かろやかな口調でそう言ったのは、お手玉の女の子だ。
一瞬、いぶかしんでから、気づく。
ワコって、俺のことか？
「つり目のくせに、顔つきもなんだか、にぶそうだなあ」
つり目のくせにって、どういう意味だ。悪口か。
だれだよ、この子。
七生が戸惑っていると、女の子は人懐っこく、にぃっと笑った。

毒気の抜ける表情だ。

「おかえり、若子」

思いがけないやわらかな声音に、七生はひそかにうろたえた。

見知らぬ子から、なんで帰郷を歓迎されているんだろうか。

「え、っと……ワコって俺のことだよね？」

「うん」

彼女はこっくりと迷わずうなずく。

「あのな、俺はそんな名前じゃなくて……っていうか、君はどこの子かな？　商店街の子？」

迷子ってふうには見えない。

が、着物を着てめかしこんだ少女が、ひとけのない商店街に一人でいるのも、妙な話だ。

七生は内心、首をひねった。

誕生日や稽古《けいこ》事の発表会があって、記念撮影でもしに、そこの写真館をおとずれたとか。

保護者はどこにいるんだろう。

訊《たず》ねる前に、女の子が考えこんでいるような顔つきで、口を開く。

「これは、失礼。もう幼子ではなかったな。ちゃあんと龍公《りゅうこう》とお呼びせねばならないか」

「え、なに、リュウコウ？　流行？」

混乱した。

やけに変な話し方だな、とも思った。ちょっと時代錯誤というか。

会話も微妙に嚙《か》み合っていない。

変わった子だが、放っておくわけにもいかない。

「えーと、お母さんは、ちかくにいる？　迷子になったかな？」

「迷い子は、龍公のほうだよ」

なぞめいた言い方に、七生は悩む。

女の子の接し方って、むずかしい。

「そら、龍公。化かされずに、しっかりゆけよ」

「え？」

「域《いき》は宵々、返りは強《こわ》い、という。みなが、おまえを試すからな」

「それってどっかで聞いたことがある歌……いや、だから、化かすってなんの話？」

七生の問いには答えず、女の子はおとなびた静かな目で見つめてくる。

「化かされてはならぬが、試されろ。だって私たち、おまえにイノチをかけるんだもの」

「命？」

呆気《あっけ》に取られた。
この子の話が、まったくわからない。
もしかして、ままごとに強制参加させられている状態なんだろうか。
「さあ、龍公のお渡り、お渡り！」
女の子は高らかに言うと、ぽんとお手玉をひとつ、七生に放った。
反射的にそれを受けとめる。
お手玉のほうに気を取られはしたが、彼女から目を逸《そ》らしたのは、ほんの一瞬だ。
あたふたと視線を戻したときには、その子は煙のように消えていた。
ざわざわと、急にざわめきが大きくなる。
なのに、周囲は無人。
にぎわいとはほど遠いけれど、さっきまでは通行人がいたのに。
どうなっているんだ、これ？
通りの異様さに、鳥肌が立つ。
知らず、お手玉をきつくにぎりしめていた。
立ち尽くしていると、目の端に何度も影がよぎった。
悪寒がおさまらない。

なにかが、ちかづいてきている。

だけど、そっちに目を向けても、だれもいないのだ。

「⁉」

七生は目を見開き、埃《ほこり》を払うように腕や肩をばたばたと叩《たた》いた。

いま、獣のようななにかに、至近距離で、くんっと匂いを嗅《か》がれた気がする。

「うわっ？」

今度は、後ろから軽く突き飛ばされた？

前のめりになり、慌ててスーツケースのハンドルをつかむ。

振り向いても、やっぱりだれもいない。

だが、気のせいじゃない。

間違いなく、イキモノの気配を感じる。息遣いとか、探るような視線も。

ぶわっと、全身に震えが走った。

意味わからないけど、とにかくこれってまずいやつだ。

七生は左手にスーツケース、右手にお手玉を持ち、恐怖を振り切るように本通りを走った。

ぺったぺったという奇妙な足音が、ついてきている。濡《ぬ》れた足で歩いている感じだ。

それも、複数。

緊張が高まり、目尻《めじり》がひきつる。

姿の見えないぶきみなイキモノの群れに、追われているらしい。

嘘だろ、やめてくれよ。

七生は心のなかで、さけんだ。

霊感なんてまるっきりない。

そもそもホラーは苦手だ。

ツクリモノだとわかっていても、絶対むり。

テレビから幽霊が這《は》い出てくるとか、枕元に目をひんむいた裸の子どもが座っているとか、あんなん現実に見たら、誓って泣きわめく。

こわがりほど妄想がたくましいとはよく言ったもので、意識しなきゃ全然平気なのに、いったん考えてしまうと、もうだめだ。

風呂場《ふろば》で頭を洗っているときなんか、鏡をまともに見られなくなる。

それにしてもこのスーツケースは、どうしてこんなに重いんだ。

焦りといらだちが綯《な》い交ぜになる。

キャスターが壊れているのかと思い、七生は視線をスーツケースに向けた。

「!?」

絶句する。

いつのまにか、スーツケースの上に、狐の面をつけた狐がちんまりと座っていた。

もう一度言う。

狐の面をつけた狐だ。

そいつと、目が合った気がする。ふさっと尾を揺らされた。

「……わけわかんねえ!!」

なんで狐が狐の面をつけているんだよ、べつにいらないだろ！　でぶ猫みたいな体型しやがって！

昼にいなり寿司《ずし》を食べたせいで、狐をひきつけてしまったのか？

そんな馬鹿な考えが頭をよぎる。

あやしい狐が乗っているスーツケースは、ひとまずこの場に置いていくことにした。

通りが安全な状態に戻ってから、取りにくればいい。

門の向こうの道を北へ曲がったところに、派出所があったはずだ。

そこに逃げこもう。

七生はハンドルから手を放し、全速力で本通りを走った。

正面に、本通りの終点となる門が見える。

入ってきた側と、対になる赤い門だ。

そこもやっぱり鳥居に似ている。上部に〈朱海老本通り〉という、文字を刻んだお札みたいな看板がくっついている。

残りの距離は、たぶん四十メートルを切っている。

だが、変だ。走っても走っても、あの赤い門に、ちかづけない。

たとえるなら、夢のなかで、なにかに追われて逃げているときのような感じだ。

どうなってんの、と恐怖一色に染まった自分の声が脳内を駆けめぐる。

異変は、さらに続いた。

ちらっと左右に視線を向けたことを、心底後悔する。

「ちょ、ちょ、ちょ、待っ！」

言葉にならない。

ほおずき街灯が、知らないあいだに明るくかがやいていた。

それだけならまだしも、狐火のようにゆらゆらと上下に揺れている。

怪異はどんどん、広がった。駄菓子屋の看板に描かれていたうさぎが、命を得たように、ぴょんと跳ねた。蝶々《ちょうちょう》もひらりと舞い、看板から抜け出す。

焼き栗店の幟《のぼり》も、はたはたと鳥の翼のように、ひらめく。

頭上を覆うアーケードや空き店舗のシャッターに、ぬらりと、イキモノの影が映る。

どれも、異形の影だった。

天狗《てんぐ》のようだったり、ろくろ首のようだったり、ぬりかべみたいに大きかったり。へび、大鼠、唐傘、鬼の形もあった。

悪事をはたらいたわけじゃないのに、七生は大声で「すみませんでした!」とさけびたくなった。日本人の、『とりあえずあやまっとけ精神』が自分のなかにも根を張っている。

パーカーのなかのシャツは汗だくだ。駅前にある唯一の営業所でレンタカーを降りたときは、すこし肌寒いとさえ思っていたのに。

「うわっ」

靴屋の陳列棚にならんでいたサンダルが、カルガモの親子のように列を作って七生の前を横切った。それを、あたふたと飛び越える。

この商店街は、どうなっているんだ!

七生は、歯を食いしばった。

懸命に足をうごかしながら、手首あたりで額の汗をぬぐう。

そのとき、さっきの女の子が放ってきたお手玉を、ずっとにぎりしめていることに気づいた。

免許証やスマホ、財布など、大事なものが入っているスーツケースは手放しておきながら、これだけはしっかりと持っている。

微妙な気持ちになった。

しかし、ここで捨てるのもどうかと思う。

悩みながら、視線を落とす。

その瞬間、七生は驚きのあまり、転びそうになった。

スーツケースに乗っていたはずの、でぶ猫体軀《たいく》の狐が、かろやかに隣を走っていたのだ。

「な、なんでついてきてるんだ！」

大声を上げると、でぶ狐はなぜかちらりと後ろを見た。

七生は、顔をこわばらせた。

背後から、ごろごろごろ、と重い走行音が聞こえてくる。

ぎくしゃくと振り向けば、着物姿の巨大カエル——そうとしか思えないぶきみな半透明の影が、七生のスーツケースをひっぱって、後を追ってきていた。

七生は、ぱくぱくと口を動かした。

足がもつれそうになったので、慌てて前を向く。

なにが、いったい、どうなっている！

混乱に混乱が重なり、頭が、ぱんっと破裂しそうだ。

目の錯覚ってことは、ないだろうか。一縷《いちる》の望みを抱いて、性懲りもなく後ろを見やる。

わかってた、奇跡なんてこの世にはないんだ。

ぱっと顔を正面に戻す。でも気になって、また見てしまう。

いち、に、さん。振り向くたび、影の数が増えている。

急に身体から力が抜けた。走る速度が、がくんと落ちる。

もうだめだ、俺はこの気味悪い影の群れに、殺されるんだ。

金縛りさえ一回も体験したことがないような人間には、ハードすぎる光景だ。

なかば意識を飛ばしつつあったが、ふと、気づく。

いまのいままで隣を走っていた、でぶ狐が消えている。

どこにいった⁉

あたりを見回し、目を剝《む》く。

あのでぶ狐には、危機感ってもんがないのか。

もっちもっちと短い脚をうごかして、ぶきみな影のほうに自分から近づこうとしている。

「おまえ！　食われたらどうするんだ！」

──あとから考えれば、狐面をつけている時点でこのでぶ狐もじゅうぶん異様な存在だろうと、わかる。

だがこのときは、冷静じゃなかった。とぼけた狐面と体型、それに、ほかの影とちがって透けていないというところも、かなり大きかった。

「まさか……！」

七生は、はっとした。

俺のために、我が身を犠牲にして、あいつらと戦おうとしているのか。

「おまえってやつは！」

胸が熱くなった。恐怖で、変なスイッチが入っていたのだろう。

ちくしょう、俺はどうなってもいい、せめて健気《けなげ》なでぶ狐だけでも助けてやらないと。

七生はお手玉をパーカーの前ポケットにつっこむと、急いで駆け戻った。片腕でスイングするようにでぶ狐を抱き上げる。

でぶ狐が驚いたように、「ほぅっ」と爺《じじ》くさい鳴き声を上げた気がするが、幻聴にちがいない。

でぶ狐は、予想していたよりも、重くなかった。

ふさふさした毛のせいで、でぶっているように見えたらしい。

肩に乗せるようにして抱きかかえたとき、指が毛並みに埋もれた。

「若子や、荷物はあのままでいいの？」

「いいっ」

でぶ狐にやたらと爺くさい声で訊《たず》ねられ、すかさず返事をしてしまったが、これもたぶんパニックによる幻聴だろう。

七生は、ぎゅんっと顔の皮膚がつっぱるくらいの速さで走った。

これほど必死になったのは、高校最後の体育祭以来じゃないだろうか。

当時、好きだった子が陸上部に入っていた。それなら世界一足の速い男になって惚《ほ》れさせてやろう、なんて本気で馬鹿なことを考えていたのだ。いい時代だった。

だが数年後のおまえは、でぶ狐を抱えて死の競走に挑むんだぞ。過去に戻って、高校生の自分にそうおしえてやりたい。

七生は、うめいた。

なんで、門にたどりつかない⁉

汗がだらだらと流れてくるし、走り続けて息も苦しいし、そういえば前ポケットにいれたお手玉も重い気がするし、これを厄日っていうんじゃないか。

「若子や、重いか？」

「重いわっ」

いらだちまじりに、言い返す。

また幻聴か。

「じゃあ、捨てるか？」

「捨てんわっ」

でぶ狐は、七生の肩にちょこんと乗せていた前脚を、もみしだくようにうごかした。

「だが、重いのだろ？」

でぶっているのを気にしているのか。

そりゃ、すこしは重いが。

「それでも捨てぬのか？」

「しつこいぞ！」

しゃべらせるな。こっちは死ぬ気で走っているんだ。舌を噛《か》むだろ。

「人間は、よくモノを捨てるだろ」

「生き物は捨てんって！」

幻聴に返事をする自分も、どうかしている。

ほんとうにこの道は、おかしい。

すくなくとも五百メートルは走った。足ががくがくする。

なのに、たどりつかない。門が遠い。

背後からは、キャスターの走行音。ちかづきすぎもせず、さりとて遠ざかりすぎもせず、という絶妙なバランスでついてくる。ごろごろ。かみなりの音のようだ。

「ほぅ。イキモノは捨てん。だが、モノは捨てる」

でぶ狐が抑揚のない声で問う。

「あの荷物、捨ててたろ?」

「だから、捨てて、ない!」

強い言葉が、自分の口から飛び出す。スーツケースには大事なものを入れている。財布にスマホに免許証。

あの門を通り抜けて、ぶじに派出所まで行けたら、取り戻したい。それから——ことのは屋へ急ぐのだ。従業員らに「祖父の跡を継いで店主になります、これからよろしくお願いします」とあいさつして、役所にも行って、転入届の手続きをして——。

頭のなかが、ごちゃごちゃしてきた。

「じゃあ、お手玉は?」

でぶ狐の質問に、意識がひきよせられる。

「お手玉?」

実際には、語尾がもっと上がった。息が切れている。

「重いだろ?」

どれほど重さにこだわるんだ、このでぶ狐は。

だが、言われてみれば、パーカーの前ポケットにつっこんだやつが、やけに重い。

お手玉の重量じゃない。石を入れているみたいに、ずしっとくる。

「そいつは、捨てるのか?」

「捨てない、って!」

言い返してから、ふいに、ずっと前に聞いた祖父の言葉を思い出す。だれでも一度は言われたことがあるんじゃないだろうか。

モノは大事にしましょう、っていう教えだ。

それはともかくとして、このお手玉は七生のモノじゃない。

あの女の子のモノだ。

なんでこっちに放ってきたのかは謎だが、勝手に捨てるわけにもいかない。

「重くて、邪魔だが、若子は捨てんのか」

「ああもう、でぶ狐しつこい!　捨てない、捨てない捨てないって言ってるだろ!」

七生は、やけになってさけんだ。

頭の片隅で、なぜでぶ狐も自分のことをワコと呼ぶのか、と疑問を抱く。

あの女の子もそう呼んでいた。

だれかと間違えているのか。

しかしワコという名前は、女子的な響きがあるような気がする。

男にそんな名前はつけないだろう。

自分のどこを見て女子と誤解したんだ。身長は百七十半ば。童顔ってほどでもない。髪も短い。間違える要素がない。

いや、いまはどうでもいい。

「なにも捨てないから、門ちかづいてこい！」

極度の混乱のせいで、変なことを口走った。

抱えているでぶ狐のお面が、にんまりと笑ったように見えた。

「気に入った。この野狐《やこ》の一、百重《ももえ》は若子を、よしとする」

ワコとかヤコとか、なんの意味があるのか、さっぱりだ。

「ワコじゃ、ないから！　ななお。赤城《あかぎ》七生！」

パニックって、こわい。

幻聴に返事もしてしまうし、名乗りもしてしまう。

「ほぅ。すまなかった。たしかにもう若子ではないな、龍公だな」

「かすりもしていない！」

難聴か。

待てよ、と七生は目を見開く。

リュウコウ。あの女の子も、ワコ呼びのあとに、そう口にしていなかったか？

とするならこの狐は彼女の――。

「ペットか⁉」

思わず声を上げたとき、それまでまったくちかづけなかった出口側の門が、ぐいんと迫ってきた。

驚いたせいで、七生は盛大につんのめった。

体勢を戻せない。

石畳に顔面強打、間違いなしだ。鼻が骨折するかもしれない。

それでも、でぶ狐はつぶさないよう、とっさに両手で持ち上げた。

七生は、目をつむった。

ぐわん、ぐわん、と目がまわるような感覚に陥った。

つぎに、水の流れるような音がして、風が吹き荒れるような音がして、ふいに静寂がおとずれた。

◆◆◆

顔面を襲う激痛に耐えられる自信はなかったから、できれば速攻で失神したかったのだが、そううまくはいかないようだった。

けれども、恐怖の激痛は、いくら待ってもやってこない。

七生はおびえながらも、片目をうすく開いた。

こっちをのぞきこむ目玉が、四つ。

着物をまとった黒ぶちの猫と、緑ぶちの虎だ。

「うわ⁉」

七生は、大声を上げ、縮《ちぢ》こまった。

その瞬間、通りを行き交う人々の足音とざわめきが、周囲にぱあっと広がった。

とまっていた時間がうごき出したかのようだった。

「大丈夫ですか」

心配そうに声をかけられ、慌てて視線を上げる。

そこにいるのは、黒ぶちの猫と緑ぶちの虎――ではなかった。

七生は放心した。

着物姿の奇妙な猫と虎が目の前にいたはずだ。

だが、七生を見下ろしているのは、人間だった。

一人は三十歳前後の、すっきりとした凛々《りり》しい顔立ちの黒スーツ男。もう一人は二十代半ばの、繊細な印象の美形だった。こちらは、七生のような軽い恰好《かっこう》をしている。

声をかけてきたのは、黒スーツのほうだ。目つきの鋭さにひるんでしまったが、繰り返し「大丈夫ですか」と問いかけてきた声には、やさしい響きがこめられていた。

「具合でも悪くなりましたか？」

「え、いや……あれっ？」

七生はもごもごと答えながらも、周囲の様子をすばやくたしかめた。

どうやら自分は、写真館のそばに立っているほおずき街灯の下に座りこんでいたらしかった。スーツケースはすぐ横にある。

アーケード商店街は、盛況とはとてもいえないが、それなりに通行人がいた。

もちろんみな、ふつうの人々だ。会社員風の男女に、ランドセルを背負った小学生。散歩をしているらしき老夫婦。

何人かは、ちかくを通りすぎる際、七生のほうをちらっと見ていった。

こんな場所に座っているせいだろう。酔っぱらいと勘違いされたのかもしれなかった。

「でぶ狐が、いない」

「は？」

七生のつぶやきに、はかなげな感じの青年がきょとんとする。

でぶ狐は、どこいった。

あいつだけじゃない、パーカーの前ポケットに入れていたはずのお手玉まで、消えている。

「あのさあ、若、大丈夫？」

青年は、見た目を裏切るはきはきとした声で訊《たず》ねた。

「えっ？　若？」

意識が現実に追いつかない。

まぬけな表情を返してしまったようで、青年が顔をしかめる。

「若は伊佐三《いさぞう》様のお孫だろ？」

「じいちゃ……うちの祖父を知っているんですか」

「知っているもなにも」

青年は肩をすくめると、自分と、黒スーツの男を順に指差した。

「俺たちは、ことのは屋の従業員」

「……従業員？」

「そうだよ。午後までに到着するって連絡もらったから、昼飯を食うついでに、黒田《くろだ》と迎えにきたんだ。商店街を通ってくるだろうなと思ったし」

七生は、二人をぼうっと見つめた。

「おい、大丈夫か？　寝ぼけてんの？」

青年は、七生の顔の前で、正気をたしかめるように手を振った。

麻痺《まひ》していた頭が、やっとまわり始める。

そうだった、ことのは屋の従業員に、午前のうちに連絡を入れていたのだ。

伊佐三というのは、七生の祖父のこと。

伊佐三の代わりに、七生は、ことのは屋の主《あるじ》になる。

「緑《みどり》、伊佐三様のお孫だぞ。口の利き方に気をつけろ」

黒田は、厳しい声で美形の青年――緑を叱った。

緑はそしらぬ顔をしている。はかなげな外見とは逆に、ふてぶてしい。

それより、祖父に対する敬称が気になった。

伊佐三様？

祖父は、畏《かしこ》まらなきゃいけないような偉い人間じゃない。

ごくふつうのおだやかな男だ。大抵にこにこしている。

いつもポケットに飴玉《あめだま》をしのばせていて、七生が学校から帰ってくると、うれしそうにそれをくれたものだ。

七生が中学生になり、視野がぐんと広がって、新しい友人や学校生活に夢中になるころには、その習慣はなくなっていたけれど。店に来る子どもたちには、やっぱり飴玉をあげていたようだった。

「立てますか？」

黒田が気遣うような表情を浮かべ、手を差し伸べてくる。

「あ、はい」

彼の手を借りて、七生は立ち上がった。

——白昼夢でも見ていたのか？

混乱の余韻が、まだ頭のなかにある。

寝ながら歩いていたわけでもないのに、自分はいつ街灯の下に座りこんだのだろう。

パンツの埃《ほこり》を払いながら、記憶をたどる。

得体の知れない、百鬼夜行めいた影の群れに追われて走っていたはずだ。その途中で、いきおいよくつんのめった。

転倒の衝撃を恐れて目を閉じ、そして開いたら、彼らがいたのだ。

狐につままれたような心地だ。

「歩けますか」

立ち上がったまま、惚《ほう》けていると、黒田がさらに心配そうな顔をする。

「大丈夫です、歩けます」

背負うと言い出しかねない空気を感じて、慌てて答える。決して気のせいじゃないと思う、緑がうっとうしいというような目つきで黒田を見ているのだ。

「じゃあ、行きましょう」

黒田は、緑の視線を無視して、やさしい口調で言った。

伊佐三の孫だから、七生にも親切に接してくれるんだろう。

それはわかるんだが、丁寧すぎてどうにも違和感が残る。

良家の坊ちゃんにでもなった気分だ。

七生は、頭をかいた。

わからないことばかりだ。

でぶ狐のことも、百鬼夜行めいた影の群れのことも、お手玉の女の子のことも、なんだか悩むのが面倒になってきた。

すっきりしないが、立ちくらみでも起こして座りこんだんじゃないか。

旅の疲れが出たのかもしれない。

すこしのあいだ意識が落ち、そこで悪い夢を見た。

この考えが、いちばん現実的だった。

「変なところを見せて、すみませんでした」

話しやすそうな黒田に声をかける。

祖父から、ことのは屋には従業員が二名いると聞いている。

黒田由紀夫《ゆきお》。

五島《ごしま》緑。

そういう名前だったはずだ。

彼らはさっき、自分たちのことを、黒田、緑、と呼び合っていた。従業員で間違いないだろう。

「あらためて、はじめまして。赤城七生と言います。祖父から店の管理をまかされました。お二人は継続して働いてくださると聞いています。一応俺は店長という形になりますが、右も左もわからない状態なので、しばらくは迷惑をかけると思います。いろいろ教えていただけるとうれしいです」

七生は深く息を吐いたあと、自己紹介をした。

黒田が七生のスーツケースをつかみ、歩き出しながら微笑む。「自分で持ちます」と慌てて手を伸ばしたが、視線でとめられる。

気圧《けお》された。七生にはやさしいが、やけに迫力のある男だ。

緑と接するときの、ぶっきらぼうな態度のほうが、本来の彼のように思える。

緑は、七生からすこし距離を置いてついてくる。

彼のほうは野生の猫みたいだ。

黒田が、いたわるような口調で言う。

「ああ、すみません。いきなり声をかけたので、不審に思われたでしょう」

「いいえ」

うん、と答える度胸はない。

「俺は黒田由紀夫と申します。こっちは五島緑。俺も緑も、伊佐三様には、ほんとうによくしていただきました」

「そうですか」

黒田がひっぱるスーツケースを見つめながら、七生はうなずく。

俺のスーツケースは、バケモノの手に渡ったり、でぶ狐を乗せたり、男に奪われたりと、いそがしい。

「命の恩人といっても過言ではありません。伊佐三様が拾ってくれなかったら、俺たちはどうなっていたかわからないので」

「えっ？」

思わず顔を上げる。

命の恩人？

祖父からは単に、従業員が二人いるので彼らを頼れ、としか聞いていない。

そんなに深刻な雇用理由があったのか？

拾う、という表現も、なかなか物騒だ。

行き倒れになっていたところを祖父が助けたとか、自殺でもしそうなところを助けたとか、そんな事情が隠されているんだろうか。

「するとあなたたちは、恩返し、みたいな感じで祖父を支えてくれていたんですか」

状況がよくわからなかったので、無難な言葉を返すと、黒田は笑みを深めた。

「ええ。ですので、今度は若の力になれたらと思います」

あたりまえのように若って呼ばれているが、俺のことだよな？　と胸中で問いかける。なんだその、やくざの息子みたいな呼び方。

ふつうに名前で呼んでほしいが、会ったばかりで注意するのも気がひける。

「龍神町に戻ってきてくださって、うれしいですよ」

黒田は、まなざしに安堵《あんど》をのぞかせて言った。

ストレートな歓迎の言葉に、面食らう。

遅れて、気恥ずかしさに襲われた。

七生は「ありがとうございます」とぼそぼそした声で返した。

「──でも若は、なんで都心から戻ってくる気になったんだ。向こうでも働いていたんだろ？」

黙りこんでいた緑が、うたがわしげに訊ねる。

彼は、あきらかに七生を警戒している。

「祖父が店に愛着を持っていたのは知っていましたから。両親の転勤で上京したけど、俺もこの店が好きなんですよ。つぶしたくないと思ったんです」

秘密にするようなことでもないので、七生は素直に答えた。

「祖父もほんとうは、自分の手で店を守っていきたかったはずです」

「……そう」

伊佐三はこの夏、体調をくずした。

病院で検査をした結果、内臓に疾患があるとわかった。

店を離れる決意をかためたのは、そのあとだ。

前から従兄弟《いとこ》夫婦に同居の誘いを受けていたこともあるし、体力的な面でも不安を感じたんだろう。主治医も、静養をすすめてきた。

だが、店には愛着がある。閉店は避けたい。そう考えたらしい。

ある夜、伊佐三は七生に電話をかけてきた。

よかったら龍神町に戻ってきてくれないか。

伊佐三はそう頼んだ。

むかしと変わらぬおだやかな声を電話越しに聞いて、七生は急に胸がしめつけられた。

帰りたいな、と強く思った。

都心での生活に不満があったわけではない。

給与は低いが、職場はアットホームな雰囲気で、悪くなかった。

学生時代から続けていたバイト先の印刷会社に、卒業と同時にそのまま残ったので、就活の苦労も知らない。

大学時代もそれなりに充実していたと思う。

郷愁にかられて、龍神町を振り返ることは、ほとんどなかった。

伊佐三から誕生日プレゼントが届いたとき、こっちからも贈ったとき、ぼんやりとなつかしく思い出す。その程度だったのだ。

ある意味、人生の転機となる電話だった。生まれ育った地の匂いを、ふうっと感じた。心がひきよせられた。とはいえ、すぐには「いいよ」と言えなかった。

新たな地で築いた人間関係もある。

時間をかけて悩んだ末、帰郷を選んだのだ。

両親は、多少反対した。「いっときの感情に流されるな。飽きたら辞める、というわけにはいかないんだから。店は親戚《しんせき》に預けるか、貸店舗にでもすればいい」と言い、七生を思いとどまらせようとした。

七生が意志を曲げないと知ると、最終的には納得してくれた。

そうして、七生はこの龍神町に戻ってきた。

しかし、まだ、今日からここで暮らすのだという実感がわかないでいる。

ほおずき街灯になんとなく目を向けたとき、でぶ狐の「ほぅ」という楽しげな鳴き声が聞こえたような気がした。

◆◆◆

午後一時。たどりついたさきは、ことのは屋——じゃなかった。

殻くれない東通りの向こうにある、花魁《おいらん》からす山《やま》文化センターだ。

このあたりは町民に、東区《ひがしく》、とも呼ばれている。

郵便物を出すとき、詳しい番地を省いて「龍神町東区　△△△様」と書いただけでも、ちゃんと届く。

東区の奥には、すずらんが咲く花魁からす山がある。

蕗《ふき》やわらびも生えているので、山菜採りに行く町民の姿をよく見かける。

七生もむかし、祖母に連れられていったことがある。

まあ、そんな余談はどうでもいい。

途中まで目的地がちがうと気づかなかったのは、殻くれない東通りを進んできたせいだ。

ことのは屋も、この通りにある。

「なんで文化センターに？」

七生の問いを、二人は無視した。

緑はさっさと入り口に向かう。

立ちどまりかけた七生の背を黒田が軽く押し、入館するよう、うながす。

七生はしぶしぶ、したがった。

花魁からす山文化センターは、桜の木に囲まれたサイコロ形の白い建物だ。

四階建てで、見るからに古い。

建物の横には、なにを祀《まつ》っているのかわからない小さな祠《ほこら》がある。龍神町はいたるところにこういう小祠《しょうし》が存在する。

黒田たちとともに広々としたエントランスを抜け、エレベーターに乗りこむ。なかに、施設案内の張り紙があった。それに目を通す。

地下は多目的室。一階、二階はホールと売店。三階は学習センターと資料館。四階は事務室などだ。

エレベーターが四階で、とまる。

七生は、困惑した。この階はセンターの職員しか入れない場所だ。

なぜここに連れてこられたんだろう。

従兄弟夫婦の家に行くというなら、まだわかる。

伊佐三はすでに、彼らと同居をはじめているからだ。

従兄弟夫婦は、滾々鷲西通り……通称『西区《にしく》』の住宅街に家を持っている。

七生は、ほんとうなら、荷物を店に置いて用事をすませたのち、あいさつに向かうつもりでいたのだ。

ちなみに、ことのは屋は、一階が店、二階が倉庫兼事務室、三階が住宅スペースという構造だ。

七生もそれまでの祖父同様、三階に住む形になる。

黒田たちは、ひとけのない廊下を進み、迷いなく四階の会議室に入った。

続いて七生も入り、目を見張る。

室内は、広い。隅に、大型のホワイトボードがある。そしてコの字形に置かれた黒い長テーブルと椅子。

窓際に、三人の男がいた。

彼らは熱心に話し合っていたようだったが、七生たちが姿を見せると、ぴたっと口を閉ざした。

三人とも、じっとこちらを眺める。

知らないやつらだ。

一人はかまきりみたいな顔つきの、四十代の男。

一人はがしっとした体型の、五十代の男。

最後の一人は、涼しげな目をした青い着物の青年だった。他の二人はスーツだ。

五十代の男が、足早に歩み寄ってきた。

「遅かったね」

男は、がらがらした声で言った。怒っているような声音だが、顔には笑みが浮かんでいる。

「すみません、白井《しらい》さん」

黒田が礼儀正しく頭を下げる。

「いや、いや。責めているんじゃないよ。ところで、そちらの彼が、赤城さんとこの？」

「はい、若です」

「そうか、若か」

二人はなぜか、しみじみとうなずいた。

だからなんで『若』で通じ合っているんだ？

自分の知らないところで、その呼び方が定着している。

白井が笑顔をこっちに向けた。

「若、覚えているかな。白井のお兄さんだ。小さいころ、よく遊んでやったんだが」

お兄さんって年齢じゃないだろ、と心のなかで言い返し、白井の顔をまじまじと見る。

やがて、おぼろげながらも思い出す。

「ボールペンおじさんか！」

「ああ、それ、それ」

祖父と同居していたころ、いつも同じメーカーのボールペンを買いに来ていた男だ。

七生は、落ち着かない気持ちになった。

こんな顔つきだったっけ。

髪には、白いものがまじっている。目のまわりにも、皺《しわ》がたくさん刻まれている。

背丈だって、もっと大きくなかっただろうか。

自分の記憶では、見上げるほどの大男だったはずだ。

でもいまは、七生のほうが若干、高い。

「若は、大きくなったなあ」

白井は、感嘆の声を漏らした。

まぶしげなまなざしに、知らず身体に力が入る。

そうか、俺が大人になったのか。

人の目を通して自分の成長を知ると、うれしさよりも戸惑いを強く感じる。

「いや、若なんて呼んじゃいけねえよな。立派な龍公だ」

「はい？」

時の流れがもたらす変化に、ひっそりと感傷を抱いていたのだが、白井の言葉で目が覚めた。

またもや、リュウコウ。

なんです、それ。

「よく決断してくれた。偉いぞ、龍公。それでこそ男だ」

「は、はい？」

「きっと龍神町の再興計画も成功する」

「決断？　サイコウ計画？」

七生は、ぽかんとした。

自分だけ置いてけぼり状態だ。

会議室にいる人々を眺め回す。

かまきりみたいな顔の男と目が合った。

「さ、龍公。詳しい話は、東野《あずまの》さんから聞いてくれ」

白井に腕をつかまれ、わけのわからないまま、東野という名らしきかまきり男にちかづく。

彼の横にいる着物の青年が、七生に向かってにんまり笑った。

その顔に、既視感を覚える。

「はじめまして、赤城七生さん。私は龍神町総務局秘書部広報課の東野悠真《ゆうま》と申します」

かまきり男、東野にささっと名刺を渡された。おじぎをして、受け取る。

総務局秘書部？　町長の秘書？

そんな男が、なぜ自分に名刺をよこすんだろうか。

いやな予感がひしひしとする。

「さあ、座ってください」

笑顔の東野にすすめられ、ぎこちなくテーブルにつく。

黒田と緑、白井も隣に腰かけた。

東野は窓際のほうに戻り、離れた位置に座る。

着物の青年だけが、立ったままだ。

テーブルの上には人数分のペットボトル、飴《あめ》の入った漆塗りの皿と、二センチくらいの厚みがある冊子が置かれている。

自分には関係ないものだろうが、冊子の表紙をなんとなく見やり、目が点になった。

第二次龍神町再生まちづくり総合計画、と大きく書かれている。

その下に、カッコ書きで、つくもの・ひともの共生支援計画、と書かれていた。

さらにその下に、極秘資料、という赤いスタンプが押されていた。

二度見する。

つくもの・ひともの？

七生は顔を上げ、東野と冊子を何度も交互にうかがった。

「あの、これって」

「付物、人物、ですよ」

東野は、七生がなにに対して疑問を抱いたのか、すべてわかっているというようなおおらかな微笑を見せた。

だが、説明されてもまったく意味がわからなかった。

「町長は残念ながらスケジュールを調整できず、本日の会合を欠席させていただくことになりました。代理として、私が詳細を説明したいと思います。今後も町長との連絡役として赤城さんをサポートしますので、よろしくお願いします」

「はあ」

なにをどうよろしくするんだ。

「いやあ、にしても赤城さんはお若いのに立派ですね。伊佐三さんの意志を継いで、龍公のお役目を引き受けてくださるとは。さすがは龍神の末裔《まつえい》でいらっしゃる。しっかりと責任感をお持ちだ」

「は、はあ？」

東野の口から、謎の言葉が飛び出した。

「すみません、話が全然見えないんですけど。今日って、いったいなんの集まりなんですか？」

たまらず訊《たず》ねると、その戸惑いさえすべてわかっているというように、東野はうなずいた。

「住民を代表し、龍公に感謝を伝えようと思いまして」

「感謝……？　いえ、それより、リュウコウって？」

「伊佐三さんからお聞きでは？」

「祖父から？　店を継ぐ話ですか？」

それがなんで、町長や秘書に関係があるんだ？

七生は首をひねった。

もしかして伊佐三は、龍神町で開催されているなんらかの行事の責任者だったとか。

その後釜《あとがま》として自分が選ばれたのか。

だがそれだけのために、わざわざ総務局の人間が会おうとするだろうか。

「——屋号を継ぐ、つまり若子は、龍公の座を継ぐつもりできたのだろ？」

着物の青年が口を挟んだ。

妙に聞き覚えのある話し方だった。

「……文房具屋の店長を、リュウコウって呼ぶ決まりがあるんですか？」

訊ねながら、ないだろそんなん、と自分につっこむ。

それにしても、黒田たち同様、着物の青年も、わりと顔面偏差値が高い。

全体的に色素がうすく、ひょろい。

が、緑のように、はかなげという雰囲気じゃなかった。

ただ、髪がやけに、ふわっふわだった。

思わず指を入れたくなるような感じだ。

七生が現実逃避するあいだも、着物の青年は話を続けていた。

「数年前に立ち上げた、第一次共生支援計画は、失敗に終わった。われらも、ひとも、うまく歩み寄ることができなかったせいだ。今回は、伊佐三様が仲介に立ってくださるはずだったんだ」

東野が、しきりにうなずいている。うさんくさい。

「しかし伊佐三様は、この夏、病にかかったろ。もはやこれ以上、負担をかけるわけにもいかなくなった」

青年はまた、にんまり笑う。

「すると、どうだ。伊佐三様は、孫の若子ならきっと力になってくれると、太鼓判を押した。うん、若子や、よく来てくれたな」

「さっぱりわかりません」

七生は、ついロを出した。青年は笑みをくずさない。

「若子。龍神町は人口が減少し、衰退しはじめている。このままでは他の町と合併せねばならなくなる」

「えっ、合併？」

「そうだ。住民の数は、二万を切っている。数年後には、一万にまで減少するだろうと予想されている。そこでだ。われらあやかし、そして人間たち。手を取り合い、一丸となって地域活性化につとめ、町の再興をめざすことになった」

「は、はあ!?」

あやかしって、なに⁉

合併という非情な現実からの、落差がひどい。

「われらあやかしも、籍がほしい。籍に名を刻めば、われらは喪《な》くことなし。この世は虚《むな》しや、森や山が次々と姿を消す。われらの住処《すみか》が、消えていく。こだま響く山林を奪うは、人だ」

着物の青年は、せつなくため息《いき》を落とす。

「だが、われらに力を与えしものも人。ならば人の世にまじり、共生を望む。産霊《むすひ》の力で、神代から在るこの地を護《まも》らねばならぬ」

もう大半の言葉が、意味不明だ。

あやかしって言葉、漫画かなんかで見た気がする。

妖怪《ようかい》、という意味じゃなかったか？

「案ずるな。籍を許すは、百の歳月をいった、知性ある付物……この百重やそこの黒田らのように、理を飲み、人にしっかり化けられるものだ」

「え。えっ」

「赤城の者は、この地に生じた龍神の裔。うん、神なる血を持つ若子なら、付物たちも納得する。ま、ほんとうなら伊佐三様がよかったが」

失礼な発言につっこむ余裕はなかった。

「ちょ、ちょっとこれ、なんの話？」

「人の代表は町長。われらあやかし代表は、若子じゃ」

「なんか勝手に代表にされているんだけど⁉」

七生は全員を見回した。

緑が、いやそうに溜息をつく。

「だめだわこれ。若は全然わかっていないぜ。こんな、見るからに阿呆《あほ》なやつに、命をあずけるのかよ」

「口を慎め、緑。……若、要するにですね。龍神町をよみがえらせるために、付物と人間が協力し合うという話です。まずは人口の回復を目標にしましょう。われらあやかしが市民権を得る。環境課や福祉課とも連携を取り、施策を練る」

黒田がきりりとした表情で説明する。

「とはいえ、まだまだわれらの姿は、人の目には、単なるぶきみなばけものに映りましょう。われらも、まだまだ人を信じきれません。うらみに負け、あるいは疑念に取り憑《つ》かれ、問題を起こしてしまうかもしれない」

七生は、ごくっと息を呑《の》んだ。

説明されればされるほど、混乱する。

冗談だと言ってほしいが、だれも笑っていない。

「度がすぎれば、この計画は頓挫《とんざ》し、合併の道しかなくなります。そこで、あやかしと人、両方の血を継ぐ若に仲介役となってもらいたい」

黒田に視線でつらぬかれ、七生は、全身をこわばらせた。

「いってみれば、裏町長だな」

着物の青年がうんうんとうなずく。

「いやいやいやいやいや！　むり、よくわかんないけど、むりだから！」

あやかしってなんだ。

裏町長ってなんだ。

リュウジンのエイってなんだよ。

「私と緑が、若子を補佐しますから」

「補佐とかいらないから。俺、単純に店を継ぎに来ただけの一般人！」

断らないと、やばい。

そんな予感がする。

「――それみろ。人など、信じられるか」

ふいに、怒りのこもった低い声が響いた。
かたかたかた、と音がする。
テーブルの上に置かれていた、漆塗りの皿が動いている。
地震かと思った。
だが、皿以外は揺れていない。
「人とばけものが、相容《あいい》れるものか」
皿がいきなり、変化した。
ぶわっと水のように広がって、空中で巨大な般若《はんにゃ》の面になる。
「!?」
現実に、頭が追いつかない。
というより、これが現実とはとても思えない。
ひたすらぽかんとして、その般若の面を見つめる。
黒い角、かっぴらいた目、憎悪の形にゆがんだ口。突き出た牙《きば》。
「こんな若造、食ってしまえ」
般若の面は、七生に嚙《か》みつこうとした。
危険だと頭のなかで、警告音が鳴り響いている。

だが、七生は、うごけなかった。

牙が届く前に、左右からなにかが飛び上がり、般若の面に体当たりする。

七生は、目をまたたかせた。

般若の攻撃を阻止したのは、黒ぶちの猫と、緑ぶちの虎だった。

つぎつぎと起きる現実離れした出来事に、声ひとつ上げられない。

般若の面の登場もだが、この猫と虎の出現も、七生の理解をこえていた。

いきなりぽんと、あらわれたんじゃない。

ちかくにいた黒田と緑が、そいつらに変身したのだ。

猫と虎は、七生を守るように、般若に食らいついている。

般若の面が、さけぶ。

「人を食わせろ、食わせろ」

「人を食うと言ったな。おまえは人の世に、なじめないか。なら、もの言わぬ器に戻れ」

着物の青年は、厳かにそう命じた。

緑ぶちの虎が咆哮《ほうこう》し、紫色の煙を吐き出す。

それが糸のように、般若の面にからみつく。

うごきを封じるあいだに、今度は黒ぶちの猫が飛びかかった。

般若の目を、鋭い爪でつぶす。

ばきんっと割れる音がした。

般若の面が破裂し、白い煙が広がる。その直後、割れた漆塗りの皿がテーブルに落ちた。

ぱらぱらぱら、と破片があたりに散らばった。

黒ぶち猫が、器用にテーブルの上に着地する。

緑ぶちの虎のほうは、床に座り、一仕事終えたという様子で、ぺろりと前脚を舐《な》めた。

どちらも、七生を見つめていた。

短い沈黙が流れる。

――いま、なにが起きた？

七生は、放心した。

汗がこめかみを伝い、顎《あご》からしたたる。

特撮か？　特撮だよな？

現実なわけない。

皿が般若になって、人間が虎や猫に化けて。

どう考えても、夢だ。

「若子」

着物の青年に、やわらかく呼びかけられ、七生は飛び上がりそうになった。

彼は笑いながら、猫と虎を順に指差した。

「こっちは、化け猫の黒田。そっちは、雨虎《あめふらし》の緑」

「――」

「若子を守る、あやかしじゃ」

あやかし。

「して、若子」

青年が、やけにかわいらしく首をかしげる。

「われら付物たちの、惣領《そうりよう》になってくれるだろうな?」

「え――」

だばだばと、滝のように汗が流れる。

これ、お願いじゃない。

脅迫だろ。

断ったら、死ぬやつだ。

「よいな?」

七生はいきおいよく何度も首を縦に振った。

七生同様、硬直している白井や東野の顔も、まっさおだ。

「そうだな。若子は、重くて、邪魔でも、捨てぬと言ったものな」

着物の青年は、満足げにうなずく。

「だからわれらの多くは、若子を認めた。まだ認めぬあやかしたちもいるようだが」

震える七生のほうに、着物の青年はテーブルを迂回《うかい》して歩み寄ってきた。

「すでに一度名乗ったが、私は野狐の百重だ」

百重。聞いた覚えがある。

「うん、私は、おまえさまのペットになろう！」

着物青年は元気よく宣言すると、ぼんっと音を立てて、変化した。

白い煙のなかから、狐の面をかぶった、でぶ狐があらわれる。

七生は目を剝《む》いた。

こいつは――。

「お、おっ、おま……っ」

商店街での百鬼夜行は、白昼夢じゃなかったのか。

「若子。いや――龍公。これからよろしくな？」

でぶ狐が、行儀よくテーブルに座り、尾で皿の破片を払った。

「だが私は、でぶ狐じゃないからな？　野狐だからな？」

狐の面が、にんまり笑った。

第二話　雪兎、どさどさ。

花魁《おいらん》からす山《やま》文化センターに連れこまれてから、七日がすぎた。

七生《ななお》は、この一週間でげっそり痩《や》せた。

理由はもちろん、心労だ。

われらの惣領ばんざい、龍公《りゅうこう》様ばんざい、などと、あやかしたちが連日あいさつに来る。

ことのは屋は、裏町長就任祝いのプレゼントであふれ返った。

あやかしの持ち寄る物だけに、どれもあやしい。

これってまさか打ち出の小槌《こづち》？　こっちはもしかして玉手箱？　ビビりつつ訊《き》きたくなるような「触れたらキケン」という品もまぎれている。

とある戌神《いぬかみ》からは、村雨丸《むらさめまる》、なんていう銘の刀を贈られた。

南総里見八犬伝《なんそうさとみはっけんでん》の宝刀で八犬士が用いてなんたらかんたら、妖《あやかし》を治める刀で龍公にふさわしくうんぬんかんぬん、とながなが講釈を聞かされたが、そんなんわかるか、というのが本音だ。

なかには、「まだ妖物としてうまく化けられぬが、特別に籍をもらえるよう、とりはからってくれないか」とずるい頼み事をしてくるモノもいた。
そのたぐいの輩《やから》が差し出してきた賄賂《わいろ》の品は、黒田《くろだ》と緑《みどり》がすべて断っていた。

東区《ひがしく》——龍神町殻《りゅうじんちょうから》くれない東通《ひがしどお》り十一丁目五番地。
ことのは屋の住所だ。
うねっとカーブした桜《さくら》さんざか坂《さか》の途中にある。
その、橙色《だいだいいろ》がところどころにまじる石畳の坂をのぼると、小学校が見えてくる。
のぼりきる手前の十字路を西に曲がると、高校がある。
登下校の時間には、徒歩や自転車通学の生徒の姿をよく見かける。
ことのは屋は木造三階建てで、古民家のような外観をしている。
色あせた入母屋《いりもや》屋根、壁は飴色《あめいろ》。
入り口は、からから、と小気味好《よ》い音がする、むかしなつかしの引き戸だ。
大きな楓《かえで》の木が、隣に立っている。
一階は、店舗。
様々な画材が木製の棚や陳列ケースに並んでいる。

とくに筆や紙、絵の具の種類が豊富だ。

二階が倉庫兼事務室で、三階が、七生の生活スペース。

部屋は八畳、押し入れつきで、わりと広い。

風呂《ふろ》やトイレ、台所と居間は、一階の奥。

構造的に、階が上がるほど部屋数は減っていく。

なので、三階には、七生の私室と物置部屋だけだ。

住みこみの黒田と緑の部屋は二階にあって、それぞれ五畳。

だが、その狭さでも不便はないらしい。

自室では変化をといて、あやかしの姿ですごすから、だそうで。

近隣には、まんじゅう屋にせんべい屋、提灯《ちょうちん》屋に金物屋、銭湯などがある。

ここらは比較的、古くから続く店がならんでいる。

ファミレスや喫茶店、コンビニは、朱海老《あかえび》本通《ほんどお》りの商店街のほうだ。

七生は現実逃避も兼ねて、この一週間のあいだに、十年前の記憶と照らし合わせながら周辺を練り歩いている。

伊佐三《いさぞう》の孫です、帰郷して店を継ぐことになりました、と以前交流のあった人たちにあいさつまわりをして、なにかあったら相談に乗るよ、と笑顔で歓迎されて。

むかしからある店は、代替わりしているところもあったし、そうでないところもあった。

結果、わかったことが、みっつ。

ひとつめ。

七生が裏町長とやらに就任したことを知る者は、半々だった。

ふたつめ。

初恋相手である金物屋の娘が、一年前に結婚していた。

みっつめ。

子どものころ、よくおまけをくれた、まんじゅう屋の看板娘ならぬイケメン看板青年の正体は、唐傘のつくもがみだった。

——どれも知りたくなかった！

おかげで、今日も寝起きは最悪だ。

じりりん、とツインベルのレトロな目覚まし時計が、朝を告げる。

この時計は、伊佐三の置き土産だ。

七生はむくりと起き上がると、目覚ましをとめ、布団の上であぐらをかいた。

片手で乱暴に頭をかく。

目の奥がじくじくと痛む。寝不足だ。

布団の横に、丸々とした毛玉が転がっている。

太い尾が揺れている。

目をそらし、見なかったことにして、七生はまた布団に倒れこむ。

「……若子《わこ》。起きろ」

しばらくして、ふさふさと、柔らかいものが額にあたった。

「起きないと、緑に叱られるぞ」

幻聴だ。聞こえない。

寝転んだまま耳をふさぐと、閉じた左右のまぶたに、丸いものがくっつく。

獣の前脚でまぶたを押されている。

ぎょっとして身をひき、目を開ける。

隅に転がっていた毛玉が、起き上がってこっちを見ていた。

狐の面をつけた、でぶ狐。

こいつも、百重《ももえ》と名乗るあやかしだ。

「見てない、俺はなにも見てない、聞いてない」

「往生際が悪いぞ、若子」

狐の面が、にんまり笑う。

「この一週間で、さんざん、われらあやかしを見ただろ？」

「くそう、さんざん見た。さんざんな目にあった！」

七生はつい、さけんだ。荒っぽく布団を叩《たた》く。

「というか、なんで百重はいつも俺の部屋に忍びこむ⁉　黒田たちの部屋で寝ろって。あいつらの仲間だろ」

「いやだ。私はおまえさまのペットじゃないか」

ふあ、と狐面がのんびり、あくびをする。そう、お面が、顔のようにうごくのだ。

そのお面はどうなっているんだ。

「ペットにした覚えはないんだけど」

「私がいないと、若子は危険なんだぞ？」

百重がぺろりと前脚を舐《な》めて、意地の悪い声を出す。

「私は卑しい野狐《やこ》の身だが、龍神の末裔《まつえい》たる赤城《あかぎ》の者に長く憑《つ》いて、格を得た。こうしてそばにいてやるから、若子を龍公と認めぬ付物たちは、襲ってこないんだ」

「襲うって、なんだその物騒な話は」

「あやかしにもいろいろ考えるモノがいる。だから戌神も、若子の身を案じて、村雨丸をよこしたろ？　あれはりっぱな宝刀だ。低級霊を寄せつけない」

鳥肌が立つ。朝からぶきみな話を聞いてしまった。

腕をさすっていたら、百重がまた、あくびをする。

自分のおかげで身の安全が守られているんだから感謝しろ、という話らしいが、そもそもの原因は、百重にあるんじゃないだろうか。

この狐にほぼ脅迫される形で、裏町長という奇妙な役職につくはめになったのだ。

七生は心のなかで、うなる。

自分の生まれ育った町が、実はあやかしまみれだったなんて、だれが思うだろうか。

じいちゃん、なんでこんな大切なことを教えてくれなかったんだ。

この年齢までホラー現象とは無縁で生きてきたのに。

祖父の伊佐三には、結局、一度も会えていない。

電話で話しただけだ。

滾々鶯西通り《こんこんうぐいすにしどお》りで従兄弟《いとこ》夫婦と同居しているはずが、蓋《ふた》を開けてみたら青森県の、とある神社で暮らしているという。

そこにおわす稲荷神と前から交流があり、世話になることにしたそうだ。

はじめは、ほんとうに従兄弟夫婦と暮らすつもりでいたらしい。

が、夏の終わりに、彼らの息子が交通事故にあった。命に別状はないが、しばらく松葉《まつば》杖《づえ》が必要とのことで。

そんなたいへんなときに、自分の面倒まで見てもらうわけにはいかない。そう悩んでいたら、稲荷神にひょいと誘われたという。

龍神町に来て以来、七生の常識は、かたっぱしから覆されている。

戌神に、でぶ狐、化け猫、雨虎《あめふらし》。

すべて夢だと思いたい。

「なあ、百重」

七生はのろのろと身を起こし、布団の上にふたたびあぐらをかく。

「なにかな、若子」

「俺って、見るからに、惣領《そうりょう》なんていう責任重大な立場には、向いていないと思うんだ」

「うん。見た目は頼りなげだな。目つきも悪いしな」

けっこう口の悪い狐を抱き上げ、膝《ひざ》に乗せる。

「しかしほかに、おらんのでな」

消去法かよ。

自分から話を持ちかけておいてなんだが、そうはっきり言われると、胸にぐさっとくる。

べつに、おまえじゃなければだめなんだ、なんて熱烈に口説いてほしいわけじゃないのだが、そこはそれだ。

「おまえさまがむりなら、伊佐三様に戻ってきてもらわねばならん」

「いや、じいちゃんはそっとしてやってくれ。身体のこともあるし、ずっと働き通しだったから休んでほしいしさ」

本音の本音は、祖父をこんなわけのわからん問題で悩ませたくないだけだ。

百重が、ふっと笑い、七生の腕にすりよる。

あやしい存在のくせに、毛並みの手触りはいい。

「なら、やはり若子しかおらんだろ？」

七生は難しい顔をした。

「裏町長なんぞというが、だれも若子に、町の統治は望んでおらんよ」

「あ、そうなのか？」

てっきり本物の町長といっしょに政治活動をしなきゃならんのかと思っていた。

「若子はいわば、われらのお目付役だ。器物のあやかしであるつくもなどはとくに、生まれたての雛《ひな》も同然、道理を知らぬことが多い」

背を撫《な》でられて心地がいいのか、百重はお面の目をうっとりさせて、話す。

「そいつらが騒ぎを起こさぬよう見張ること、もしも起きたときには大事になる前に解決することと。あとは、人嫌いなあやかしが悪さをせぬよう警戒すること。それだけだ」

「つまり、町のお悩み解決屋のようなものか？」

「ま、だいたいそう思っておけばいい」

こいつ、ゆるい。

でも、これで、顔さえ見せなかった本物の町長の気持ちがなんとなく読めてきた。できるかぎり自分はかかわりたくない、臭いものには蓋をしとけ。そう思ったんじゃないだろうか。七生の存在は、ある意味人身御供《ごくう》なのだ。

「一時期、あやかしを見る者は減った。ところが戦後を境に、いわゆる、ほらぁ、というのがはやったろ」

「ホラーな」

「てれび、本、その他娯楽に、あやかしを描いたものがわんさと増えた。それらのおかげで、あやかしを見る人間もまた、増えてきてな」

「はあ」

「経済の発展も、影響しているな。世は圧倒的に、便利になった。物も増えた。捨てても捨てても追いつかないほどな」

百重がすこし、こわい声を出す。

「かつて人は煤払《すすはら》い……古道具が付喪神にならぬよう、百年がすぎる前に、ぽいと道に捨ててきた。人は、物を捨てる存在だ。しかし、むかしとちがっていまは、物品の豊富な時代だろ。そりゃ捨てられるつくもたちの数だって増える。役人どもは、それで頭を抱えた」

「つくもも増えて、見える人間も増えてきたから、急いでなにか手を打たなきゃいけなくなった？」

「そうだ。だが、見えぬ者もまだまだ多いから、われらの存在を大々的に公開したところで、すんなり受け入れられるはずがない」

「ふうん」

「そこで、龍神町のような過疎地で、共存計画を試せという流れになったわけだな」

頭のなかで、百重の話を整理する。

あやかしの存在は、まだ公にできる段階じゃない、でもなにか対策をしておかないと、いずれ混乱を招く。

もしもつくもが人間のように常識を持ち、おとなしく生活してくれるなら、それにこしたことはない。

だったらまずは、問題が起きても隠蔽《いんぺい》しやすそうな寂れた町で、いろいろ実験していこう。そんな感じか。

その上で、人口の減少や財政赤字が解消できたら万々歳。

「北海道では、龍神町以外にな、釧路《くしろ》市、富良野《ふらの》市でも共存計画をすすめているぞ」

「ほかに二箇所もあるのか」

「京都、熊野《くまの》、青森、島根がとくに多いと聞くな」

全国規模の話だとは思わなかった。予想以上にスケールが大きい。

溜息《ためいき》が漏れそうになる。

ますます自信がない。

お目付役、と簡単に言ってくれるが、人間相手じゃないのだ。

猛獣使い、と表現するほうがよっぽど合っている気がする。

下手したら、死ぬかもしれない。

文化センターでも、皿のつくもに襲われかけたし。

「若子や」

困ったような声に、七生は視線を返す。

「そう深く考えるな。なるようになる」

「ならんて！　ただ店を継ぐつもりで帰ってきたら、裏町長だぞ。それに、前に言っていた龍神の末裔って、なんだよ」

「ああ、それか」

百重は気の抜けた声を出す。

「龍神様は、もとは、底津綿津見神《そこつわたつみのかみ》に仕えていた赤蛇だ」

「そこつ……なんだって？」

「伊邪那岐命《いざなぎのみこと》を知らんか？　国生みの神だ。そのイザナギから生まれたのが、底津綿津見神という海の神」

「あー…、イザナギっていうのは、なんか知っているかもしれない。えっと、日本神話だっけ」

哀れむような目で見られた。ちくしょう、馬鹿にされている。

お面のくせに、表情が豊かだ。

「……まあ、とにかくな。海神に仕えていた赤蛇が、長い月日のなかで神格を持ち、やがてこの龍神町を、根城とした。人に祀《まつ》られ、水神として立ったんだ」

「へえ」

「ある世にて、水神は、あわじの宮にお篭《こ》もりになったイザナギのもとへゆくと言い、龍神町を去ったわけだが、その前に、人の娘とのあいだに子をもうけてな。それが、若子の祖だな」

「えっ、そんなすごい祖先なのか？」

日本神話に出てくる神とつながりがある、などと説得されても、「まっさかぁ」という気分にしかならない。

そんな大それた存在が祖先とか、ないだろ。

百歩、いや一千万歩譲ってその話が事実だとしても、いまの自分はただの人間だ。

あやかしたちをまとめる力なんて、持っていない。

百重は、さっきの七生のように、ため息を飲みこんだ。

「若子。あまりな、そうまで、いやだいやだと、顔や口に出すものではないぞ」

指摘され、七生は目をしばたたかせた。

片手で、自分の頰を撫でる。

そんなにいやそうな顔をしていただろうか。

——いやというより、こわい。困る。

それに、戸惑っている。

「私は野狐だ。黒田は猫、緑は雨虎。器物のあやかしらのように捨てられたわけではない。だからそうまで、人をうらんではいない」

「待ってくれ。あやかしってひとくくりに言っているけど、もとが動物か、道具かで、性質がちがうのか？」

「うん、器物たちは、つくも、とも呼ばれる」

「付物《つくもの》、っていうのは？」

「器物、動物のあやかしのなかでも、人の側に付くモノ、寄り添うモノのことだな」

話を戻すが、と百重が尾を揺らす。

「もとは器物であるつくもたちは、人に捨てられたものも多い。うらみが強い。ただでさえ、人に対して懐疑的だ。若子がそうやって迷惑だという顔をさらしていては、いつまでたっても信頼は得られないぞ」

「それは」

「否と言おうが、見てみぬふりをしようが、若子の祖は、この町に祀られていた水神だ。町をお守りせねばならないだろう？」

ちょっと勝手な言い草なんじゃないか、と思ってしまった。

七生が器物を捨ててきたわけじゃない。

自ら望んで、裏町長に立候補したわけでもない。

祖先だという龍神についても、いま聞いたばかりだ。

――それなのに、どのくらい俺に責任があるっていうんだよ。

「責任ある立場は、おそろしいか？」

「おそろしいっていうか……」

身の置き所がない、という気持ちだ。自分には、荷が重い。

「私たちには、ほかに行き場がないのだよ、若子」

百重は、耳を伏せた。

さみしい声だった。

こころなしか、でぶ狐に見せているふっくらした毛も、へなへなになっている。

七生は、苦い顔をした。

裏町長になるより、動物虐待のほうが、ずっといやだ。

「あー！　くそっ」

ぐしゃぐしゃと髪をかきむしり、その後、しょんぼりしている百重を両手で抱き上げる。

百重が、「ほぅっ」と爺《じじ》くさい驚きの声を出す。

「知らないからな、失敗しても！　それに俺はけっこう人見知りするんだ。百重にもめちゃくちゃ協力してもらうからな」

いきおいよく立ち上がって、でぶ狐を肩にかつぐ。

「やれるだけ、やるから。……捨てたりしないし」

ぶつぶつと小声で言うと、目の端に、にんまり笑うお面が見えた。

さっきまでの殊勝な態度はどこへいったのやら。

もしかすると、この狐に、うまく乗せられたんじゃないだろうか。

「トイレ！　風呂《ふろ》！　それから朝めし！」

内心むかっとしながら、亭主関白のような台詞《せりふ》を吐き出す。

食事は、黒田が毎回用意している。

風呂から上がるころには、朝食ができているだろう。

そう思って、足音荒く部屋を出る。

「おまえも洗うぞ。毛が汚れてきてる」

「……ほぅほぅ」

うれしげにしていたくせに、洗う、の一言を聞くと、百重は「はいはい」というような、迷惑そうな声を出した。

「ほぅは一回だ」

「ほぅ」

◆◆◆

ことのは屋の開店は、七時半。

はやいのは、学生の登校時間に合わせているためだ。

平日の閉店は、十八時。

従業員は、七生と黒田、緑の三人のみ。二人はこれまで、朝から十三時までのシフト、正午から終業時間までのシフトを組んで、一週間ごとに交替してきたらしい。

店長だった伊佐三は基本、店につめていたそうだ。

七生も、このスタイルでいくことにした。

土曜日は、十五時まで。

日曜日は休み。隔週で、火曜日も休む。

コンビニやスーパーとはちがうので、レジが混雑することはめったにない。

学生の登下校時間がすぎれば、客はぽつりぽつりとおとずれる程度。

だが、意外や意外、暇じゃない。

仕事っていうのは、探せばいくらでもあるものだ。

中学のときまでは七生もこの町で暮らしていた。たまに店の手伝いをすることもあった。だから、そういう意味では、勝手がわかっている。

店内の雰囲気も、記憶のなかの景色とあまり変わっていない。

レジは店の奥側。みっつの丸椅子と、木製のテーブル。そこにレジ台、パソコン、電話などを置いている。飴玉《あめだま》を入れた瓶もあった。むかしと、おなじだ。

背面は升目状の大型の棚。

ここには取り置き商品や発注書、事務用品のたぐいをしまっている。

壁際には筆類と紙類のコーナー、陳列棚にはその他の文具品、入り口横にコピー機。日がさしこむ場所でここちよいのか、百重がその上で丸まり、いねむりしている。

店の前にはカプセルトイも数種、置いている。

あとは、駄菓子もすこし売っている。そのあたりはご愛嬌《あいきょう》ってやつだ。

前とちがうのは、ネット販売を展開しているところ。

正直な話、店舗販売よりも、大口の注文がふいに飛びこんでくるネットのほうが、利益が上回っている。

ことのは屋は、老舗《しにせ》の部類に入るので、高級な画材も取り扱っている。

ただし、キャンセルも多く出るので、要注意。

注文直後ならいいけれど、発送後のキャンセル手続きは手間がかかる。それに商品交換の依頼が重なると、てんやわんやだ。

滾々鶯西通りにある米屋も、返品作業とクレーム対応に追われ、結局ネット事業から手をひいたのだとか。先日のあいさつまわりで、そんなうわさを聞いた。

いまのところ、販売サイトの管理は緑が担当している。

パソコンを駆使するあやかしってどうなんだよ、と思わなくもない。

時代に順応しすぎだ。

レジ台のパソコンをいじる緑をちらちらと見ながら、七生は棚を拭《ふ》く。

開店まで、残り二十分だ。

七生は店内の掃除、黒田は店の前を埋める落ち葉の掃除。

「……なに？　視線感じるんだけど」

緑がパソコンを見つめたまま、尖《とが》った声を出した。

友好的な黒田とは反対に、緑は七生を受け入れていない。

文化センターで、七生が「むり」と惣領《そうりよう》役を一度拒否したことが、尾をひいているらしかった。

あからさまに、つっかかってくる。

それでも、基本のところは、礼儀正しいあやかしだと思う。

朝食の席でも、いただきます、ごちそうさま、をちゃんと言う。

伊佐三の教育の賜物《たまもの》だろうか。

ちなみに、黒田は自発的に料理を覚えたらしい。

料理上手なあやかしも、どうかと思う。

「だから、俺になにか言いたいことでもあんの？」

ぼんやり緑のほうを見ていると、さっきよりもきつい声で訊《たず》ねられた。

「あ、いや。緑も黒田も……それに百重もさ、なんかイケメンだなって」

答えた直後、顔を覆いたくなった。

冷たい視線を返されなくても、馬鹿なことを口走ったってわかっている。

だが実際、なんでおまえらそんなに顔面偏差値高いんだよ、と本気でふしぎだったのだ。

あいさつに来たあやかしたちも、思い返せば、ブサイクはすくなかった気がする。

たとえ、老人や子どもの姿であってもだ。

「なに言ってるんだ、若？」

視線以上の冷たい声に、めげそうになった。

顔の造作にこだわるなんてまったく人間ってくだらない……てっきりそういう厳しい言

葉を投げつけられるのかと震えていたら、斜め上をいった。

「美しく化けて、当然だろ」

「え？」

「共存計画のためじゃないか。なんでわざわざ醜く化けて、きらわれなきゃいけない？　人間が見惚《みと》れてくれるような姿に化けなきゃ、意味ないだろう」

「あ……そうか」

「人間は、すぐにモノを捨てる。最近は、ペットでさえ簡単に捨てる。だから、だれもかれも研究したさ。女が好むような姿、男が好むような姿、子どもが好むような姿、老人が好むような姿。人間が気を許し、受け入れる姿って、なんだろう。俺たちは、必死に考えたんだ」

目からうろこ、だった。

ある意味、顔の造作にこだわる人間のため、という考えは正しかったようだ。

だが、なんだか、さみしい答えだった。

単に、モテるモテないという理由で人に化けているわけじゃない。

彼らは、命懸けだ。

百重から、ほかに行き場がない、と聞いたときのように、胸がふさがれる。

「人間嫌いなやつや、共存計画を妨害しようとするあやかしは、そりゃ醜く化けるかもな。でも俺たちは、そうじゃない」

「あ、うん」

つんけんしながら緑はパソコンに向き直った。

と思いきや、ちらっとこっちに視線を向ける。

「いやかよ」

低い声で問われ、七生は首をかしげた。

「俺の容姿が気に食わないって？　それでにらんでたのかよ」

「まさか。にらんでない」

七生は首を左右に振った。

俺の目つきって、そんなに悪いのか。

内心がっかりする。

緑はすぐに、パソコンに視線を戻した。

七生も、掃除を再開する。

打ち解けられる気がしない。

あやかしと、こんな調子で、うまくやっていけるんだろうか。

緑のようにわかりやすい態度を取らないだけで、黒田もほんとうは自分に気を許していないんだろう。いまの話を聞いて、なんとなくそれがわかった。

ペット宣言した百重だって、数回、七生を龍公と呼んでいたが、いつのまにかワコ呼びに戻っている。

彼らは、七生以外に代役がいないから、妥協して、しぶしぶ担ぎ上げているだけだ。

七生だって似たようなものかもしれない。

いまだ、これって悪い冗談じゃないのかと、うたがっている。

落ちこみそうな自分を叱咤《しった》するように、七生はぱんっと頬を軽く叩《たた》いた。

どうにかなるさ。

予想していた生活ではなかったが、なんだかんだで裏町長役を引き受けたのは、自分だ。

捨てない、と百重に約束もした。

戸惑いもいっしょに消えるように、ごしごしと力強く、汚れてもいない棚を拭く。

緑の視線を、また感じた。

◆◆◆

にぎわう登校時間をなんとかやりすごし、商品を補充、それから在庫の確認、欠品分を問屋に発注。

その作業が終われば、今度はネット注文分の商品を用意し、梱包《こんぽう》。

昼飯については、各自で取る決まりなので、七生はコンビニ弁当を買った。

夜飯は、黒田が作る。

居心地はあまりよくないけれど、百重も入れて、四人で食べる。

伊佐三もそうしていたと、聞いたからだ。

店番をこなすことに集中したおかげか、裏町長やら共存計画やらという言葉は、そこまで七生の日常を圧迫しなかった。

数日すぎるころには、ちょっと忘れかけていたくらいだ。

黒田と緑は、文化センターの日以来、あやかしの形を取らないし、百重は逆に一日中でぶ狐の姿ですごすので、そのお面さえなければ、本人も言っていた通りペットと変わらなかった。

やれ駄菓子をよこせだの毛並みを整えてくれだのとうるさいくらいで、まったく害はない。

店を開けるまではコピー機の上でうとうと、就業中はレジの丸椅子の上で丸くなり、ぬいぐるみのふりをしている。

この期間に起きた問題といえば、間違っておつりの額を多めに客に渡してしまった程度か。

仕事の流れをつかんで、多少気がゆるんだ二週間目。

その客は、おとずれた。


「あれ、伊佐三さんはどうした？」

レジで、緑と手分けしながらネット注文分を台帳に書き起こしていると、とつぜん、知らない男の声が降ってきた。

丸椅子のひとつを独占していた百重のお面が、ひっそりと片目を開く。

すぐにまた、いねむりに戻った。

基本、あやかしたちは、口が堅く信頼に足る者以外に本性をおしえない。

黒田も緑も、一般人からは普通の人間だと思われている。

「なんだ、伊佐三さんに蜜柑《みかん》持ってきたのによ」

残念そうな声に、七生は台帳から顔を上げる。隣にいた緑も、男を見つめた。

男には気づかれないくらいの小さな反応だったが、緑の、色素のうすい瞳《ひとみ》に、さっと嫌悪の影がよぎった。

七生は驚いた。

自分に対しては仕事以外ではほとんど口をきかない緑だが、客相手にはその見た目通り、愛想もよくてやさしい。とくに子どもの客には、甘い。飴玉《あめだま》をよくあげている。

そんな緑が、一瞬であろうと不快感を見せた。

この男は、だれだろう？

「あの、すみませんが、お客様は、祖父とはどういう……」

「あ？　トモダチだよ。兄ちゃん」

兄ちゃん、と親しげに呼ばれて、軽く困惑する。

男は、祖父よりも年下だ。三十代後半、いや、薄手のブルゾンにセーター、パンツと、若作りをしているが、四十代かもしれない。七生よりもわずかに背が低い。

「そんな、警戒すんなよ」

男は、あけっぴろげに笑っている。

おちょうしもの、という言葉があてはまりそうだ。

「俺は、滾々鶯西通りの米屋の息子だ。小椋啓介《おぐらけいすけ》。ま、米屋は長男が継いで、俺はあっち

「……商店街の、飲み食い処《どころ》で働いてんだけど」

料理人なのか。

「伊佐三さん、最近店に来ねえなあってふしぎだったからよ、みやげ持って来てみたんだよ」

蜜柑の入った袋を二つ、どんとレジ台のテーブルに置き、明るく言う。片方には新聞もつっこまれている。

ビニール袋が、がさがさと音を立てた。

その音が気にさわるのか、また緑が、ぴりっとまなざしを険しくした。

「わざわざお越しくださったのにすみません。祖父はこの夏に体調をくずして、療養のために町を離れているんです。若輩者ではありますが、俺が店を継ぐことになりました」

「兄ちゃん、身内のやつ？」

「はい。孫の赤城七生と申します。よろしくお願いします」

「へえ、そうか。伊佐三さんと、あんまり似てないな」

内心、へこんだ。

祖父は柔和な顔立ちだ。

いっぽう、七生は、母方の血を継いで、目尻《めじり》がきゅっと上がっている。

「……店長。裏で在庫確認、してきます」

ふいに緑がそう断って、椅子から立ち上がった。

伊佐三の知り合いが来ているのに、失礼な態度だ。

さすがに咎《とが》めようとすれば、啓介が「こいつって、いつも愛想が悪いよなあ」と慣れた口調で言う。

「うちの店員が、すみません」

「あ、いいって。伊佐三さんがいるときから逃げられているし」

七生は冷や汗をかいた。

客に気をつかわせてどうするんだよ。

そそくさとレジの棚の裏へ逃げる緑を、にらむ。

「あとで、よく言い聞かせますので」

「いやあ、もとはといえば俺が悪いんだよな」

啓介は、新聞が入っていないほうのビニール袋から蜜柑をひとつ取り出し、ここで剝《む》き始めた。

七生は呆気《あっけ》に取られたが、なにも言わなかった。

客がいないとき、近所の者がぶらりとやってきて、こうしてちょっと話しこんだり菓子をつまんだりすることがよくあるからだ。

「俺、口が悪いだろ？　飲み食い処の料理長の口調が移ってよ」

「そうなんですか」

「で、常連客だった伊佐三さんのことも、そのうち、文具屋のじじい、って呼ぶようになってよ」

啓介は、口に入れた一粒の蜜柑を、くちゃっとさせて、笑った。

「二年くらい前かな、ここにやってきたときによ、あいつに、じじいはいるか、って訊《き》いたわけよ。そしたらあいつ、顔を真っ赤にして怒ったんだよ。だれに対してじじいって言ってるんだ、失礼な人間め、とよ」

「あいつ……、ほんとうにすみません」

七生は、もう一回謝罪した。

そういえば、いつから彼らが、ことのは屋につとめているのか、聞いていない。

啓介の話だと、二年前にはすでに同居していたようだ。

伊佐三に恩があると言っていたから、啓介のなれなれしい呼び方に腹を立てたのだろう。

「伊佐三さんはよ、じじいでかまわないって笑ってくれたがなあ。あれから、あの男前にはとことん嫌われてなあ」

しみじみ言う啓介に、七生もため息《いき》をつきたくなった。

伊佐三をじじい呼ばわりしたときは烈火のごとく怒るが、七生が気軽に兄ちゃん呼ばわりされても怒らず、むしろかかわりたくないとばかりに逃げる。

この対応だけでも、緑にとって七生は無価値なんだとわかる。

「あー……、しかし、弱ったなあ」

白い筋がついたままの蜜柑をつぎつぎと咀嚼《そしやく》しながら、啓介がぼやく。

「弱ったって、なにがです？」

「伊佐三さんによぉ、なにか困ったことが起きたらいつでも相談に乗る、って言われていたんだよ」

「困ったこと？」

啓介は、眉《まゆ》を八の字に下げた。

手についた蜜柑の屑《くず》を、ぱらぱらとテーブルに落とす。

話しやすいが、ちょっと無神経な男だな、とひそかに思う。

「まー、いろいろとおかしな、ってぇか、とにかく困ったことだよ」

言葉を濁す啓介をしばらく見つめて、はっとする。

彼のいう困ったこととは、あやかしがらみなんじゃないだろうか。

「あの、俺でよかったら、相談に乗りますが」

七生は、ほほえみを浮かべて切り出した。

あやかしが騒ぎを起こさないよう見張ること、なにか問題が起きたときは大事になる前に解決すること。百重がそう言っていたのを思い出す。

伊佐三は、以前から店をおとずれる客たちに、「なにかあった場合は、ことのは屋を頼れ」と声をかけていたのではないか。

「いやー……」

啓介は、新しい蜜柑を剝きながら、うなった。

こんなひよっこが頼りになるようにはとても思えない、と言いたげな空気だ。

それでも辛抱強く待っていると、もともとだれかに話したくてたまらなかったのか、啓介は二個目の蜜柑を食べながらレジ台のテーブルに寄りかかった。

「まだ十一月になったばかりだろ？」

「はい」

「いくらここらが豪雪地帯っつってもよ、雪が降るには、ちょっとはやいだろ」

「そうですね」

「だが降るんだよ」

幽霊が「出るんだよ」と言うときのような、重い口調だった。

七生は、反応に困った。

「だからよ、雪が局地的に降るんだっての」

「はあ」

「それも、ばばあん家《ち》のまわりだけにな」

腹立たしげであり、おそろしげな表情でもあった。

ばばあ、という荒っぽい言い方にも、七生は戸惑う。

だれのことなのか。

「いつからだったかな。二週間くらいか、俺がばばあん家に行くと、かならず雪が大量にどさどさっと降るわけよ！」

くちゃっ、くちゃっと、蜜柑の汁を飛ばすいきおいで咀嚼しながら、啓介が吐き捨てる。

「慌ててばばあん家に駆けこんで、こりゃおかしいって訴えてもよ。ばばあは、いまの兄ちゃんみたいに困った顔をするばっかでよ。ぜんっぜん信じてねえの」

「いえ、信じていないわけじゃないんですけど」

「嘘つくなって。俺だってわけがわかんないんだからよ。で、外に出てみると、雪が消えてるんだからな」

「え」

これ、あやかしが関わっていると考えたほうがいいよな。

雪と聞いてまっさきに思いつくのが、雪女、だ。

妖怪《ようかい》に詳しくない七生でも、その程度は知っている。

「ばばあ、というのは、どなたのことですか」

「ああ？　ばばあは、ばばあさ。うちの祖母だっての。店のちかくにある生家で暮らしてる。うちは、ことのは屋みたいに店と住居がいっしょじゃねえ。長男夫婦も、すこし離れたところに住んでる」

「小椋さんのおばあ様は、同居されていないんですね」

「ばばあは一人暮らしだよ」

なるほど。七生はうなずく。

独居の母親を案じて、様子を見に行っているというところだろうか。

口汚いし、他人への配慮がかけている面もあるが、根本はやさしい男のようだ。

「俺、疲れてんのかなあ。金縛りとかにも、あうしよ」

「金縛りも」

「道とか歩いてるとよ、目の端に、着物の女の子が映るんだよ」

一気にホラーじみてきた。

「あきらかに、こっちをにらんでるってわかるんだ。でも、思い切って真正面から見るとよ、だれもいねえの。まいるよ」

ぼやく啓介の目の下に、くまができている。

態度は軽いが、かなり思いつめているようだ。

「信じられねえかもしれないが、この町は妙な出来事が起きやすいよなあ」

「そ、そうですかね」

「子どもんときから、そういうのがたまーにあるからよ、感覚が麻痺《まひ》しちまってんのな」

慣れって、こわい。

だがたしかに、いきなりどさどさと雪が降って、しかもそれがすぐに消える、なんていう怪異が起きたら、ふつうはもっと騒ぎ立てるだろう。

ところがこの町の住民の多くは、「あれえ、なんかふしぎなことを体験しちゃったなあ……」ですませてしまう。

七生もだったが、子どもたちは親や祖父母から、「龍神町は神様がいる土地だよ」と聞かされて育つ。小さな祭りも多いし、道々に社もある。

『まかふしぎ』を受け入れる土台が、知らないあいだに作られている。

だから、土地の空気に合わない者はとことん合わず、町を去っていくのだ。

たぶんそういう側の人間が、七生の両親だったのだと思う。

「でもさすがに、今回のはなあ……」

「謎ですね」

「お祓《はら》いとかしてもらったほうがいいんかねえ」

「力になれるかわかりませんが、俺も原因を調べてみます」

「え、なに、兄ちゃん。信じてくれんの、こんな妄想」

「妄想じゃないですよね？」

多少共感しつつ答えると、口先だけじゃないという空気が伝わったのか、啓介の表情がすこし明るくなった。

「なんだよ兄ちゃん。話がわかるな。霊感少年なのか。ひょっとして兄ちゃんも、なんかあったか？」

「霊感とかはないんですけど、まあ、それっぽいような感じです」

「いや、そうかよ。これでもけっこうな、真剣に悩んでたのよ。こんなん人に言ったら、おかしなやつだと思われるだろ」

「ですよね」

力がこもった。

うちの店の従業員は化け猫と雨虎なんです、と明かしたら、頭の変なやつだと思われるにちがいない。

啓介は、否定されないだけでも、うれしかったようだ。にこにこし続けている。

「おばあ様のご自宅の住所を教えてもらってもいいですか？　店が休みのときに、ちょっとその周辺を見回ってみます」

おお、と啓介は目をかがやかせて喜んだ。

レジ台のテーブルに置いているメモ帳を勝手に引き寄せ、そこにぐりぐりと住所を書く。

「なんかわかったら、知らせてくれよ」

「はい」

「お、いけねえ。休憩時間が終わる。そろそろ店に戻らなきゃな。じゃあな、兄ちゃん」

壁にかけている時計を見て、啓介が慌て出した。

七生に手を振ってから、新聞が入っているほうのビニール袋を持ち、出入り口に向かう。

蜜柑《みかん》が減ったほうの袋は、テーブルに残したままだ。

見送ろうと丸椅子から立ち上がったとき、ビニール袋のなかに、蜜柑以外のものが入っているのに気づく。

四角い箱……風邪薬だ。薬局のテープが貼られている。

商品購入時に袋を断ると、貼られるやつだ。『支払済』の意味がある。

七生は袋をひっつかみ、啓介に駆け寄った。

「小椋さん、忘れ物です」

ビニール袋ごと渡そうとすると、彼は「みやげだっつの」と言って、受け取ろうとしなかった。

「薬も入っていますが」

「あっ。それはみやげじゃねえわ」

七生から受け取った風邪薬をポケットに入れると、彼は忙しい足取りで去っていった。

◆◆◆

「で、百重」

丸椅子に置いた抹茶色の座布団の上で丸くなっている百重を、七生は両手を腰にあてて見下ろす。

「話は聞いていただろ。ほら、寝たふりするなよ」

片手で百重を抱き上げてから、七生がかわりにその丸椅子に座る。

百重はしかたなさそうに、ぴょんと七生の腕から抜け出し、レジ台のテーブルに乗った。

蜜柑の皮がある場所は、器用に避けている。

七生はちょっとげんなりしながら、ゴミ箱に皮を捨て、ウェットティッシュでテーブルを拭《ふ》いた。

「俺の予想では、さっきの話に雪女が関係していると思うんだ」

「雪に関するあやかしの代表格だからなあ」

それくらいだれでもわかるわな、という口調で返されて、くやしくなったのは秘密だ。

「じゃあ、ほんとうに雪女のしわざ？」

「どうだろうなあ」

百重は前脚をぺろりと舐《な》めた。

短いつきあいだが、ピンときた。

こいつ、ごまかしているな。

「百重、知っていることを、おしえてくれ」

啓介はよそで吹聴《ふいちょう》していないようだが、こんなうわさが広がっては共存計画どころじゃない。

いや、赤の他人である自分にあっさりしゃべったことを思えば、飲み食い処《どころ》でもとっくに話のタネにしている可能性が高い。

突拍子もなさすぎる内容で、なおかつ啓介自身に軽薄そうなところがあるから、だれも本気にとっていないというだけじゃないか。

それと、龍神町の人々の、呑気《のんき》さにも助けられている。

「話が大きくなって困るのは、百重……つくもたちだろ」

そう言うと、百重はふっと尾を振り、レジ台のテーブルに置いているメモ帳を見つめた。

そこには、特徴的なハネのある汚い字で、啓介の祖母の住所が書かれている。

「米屋のご母堂か。あそこはたしか、若子とおなじで、あやかしが見える」

「え、マジで？」

「まじ、だ。共存計画を知る者のひとりだなあ。伊佐三様とも交流があったぞ」

「あやかしの存在を知っている人間と、知らない人間がいるんだよな？　さっきの小椋さんは、知らない派？」

「そうだろうなあ」

七生はしばらく考えた。

啓介本人はあやかしの存在を知らないが、祖母は知っている。

その雪女は、啓介にも気づいてほしくて、いたずらをしかけたのだろうか。

七生が思いつくのは、せいぜいその程度だ。

おそろしい想像ができなかったのは、百重のようなのんびりしたあやかしがそばにいるためかもしれない。

考えても埒《らち》があかない。

動機は本人に聞くべきだ。

聞くは一時の恥、聞かぬは一生の恥。

「その雪女と話がしたいんだけれど、どこに行けば会える？」

「雪女、ではなくて、雪虫の月子《つきこ》だ」

「雪虫？」

雪虫とは、綿につつまれているような虫のことだ。飛び方もふわふわしていて、雪を連想させるので、冬のおとずれを告げる虫としても有名だ。

まあ、正体はアブラムシの一種なんだけど。

「うん。雪女がさみしさゆえに、一匹の雪虫を月子と名付け、かわいがった」

「それが、あやかしになったのか」

「そうだ」

「雪女はやがて行方知れずとなり、月子はふらふらと地をさまよううちに、龍神町にたどりついた。米屋のご母堂に懐《なつ》いているぞ」

百重がそこまで説明したとき、目を吊《つ》り上げた緑が棚の裏から、ばっと顔を出した。

「百重！　なんでおしえる！」

緑は開口一番、そう言った。

二階へ逃げたと思っていたら、棚の裏にひそんで盗み聞きをしていたらしい。

「緑や、いきり立つな。話を聞いた以上、放置するわけにはいかんだろ。受け取り方によっては、あやかしが人を害しているように見える」

受け取り方もなにも、ふつうに害しているようにしか思えない。

七生は複雑な気持ちになったが、口を挟むのはやめておいた。

「共存に賛同したあやかしたちで、誓いを立てたろうに。人が捨てぬかぎり、われらも人を害さぬ。ちがうか？」

「あの男は善人じゃないだろ。月子は毛嫌いしているじゃないか」

話の雲行きが、あやしくなってきた。

にらみ合う緑と百重を交互に見ながら、七生は「おい、おまえたち」と声をかけた。

「もしかしてさ、緑も百重も、その月子っていうあやかしが、小椋さんにちょっかいをかけていること、前から知っていたのか?」

百重は、ぴくっと身じろぎしたのち、そしらぬふりをした。

緑のほうは、むっと眉《まゆ》をひそめている。

七生は、頭を抱えたくなった。

こいつら、とっくに知っていたのか!

「あのなあ……、なんでそれ、俺に言わないの?」

七生を、裏町長……あやかしの惣領《そうりょう》に選んだのは百重たちだ。

まだまだ歩み寄れていない人とあやかしが争わないよう、とくに、あやかし側が暴走しないよう見張るのが七生の役目。

なのにさっそく騒動が起きている。

そのうえ、それを伝えてもくれない。

「若に知らせて、どうなるんだよ」

緑が冷たい声で言う。

顔立ちが整っているだけに、そんな声を出すと迫力がある。

七生は内心むかっとしたが、緑の雰囲気におされて、すぐには答えられなかった。

彼の問いかけは、七生の心をぐりぐりと、えぐっていた。

おまえなんか信用できない、だから言えなかった、言いたくなかった。緑は言外にそう責めているのだ。

「いや、若は、どうする気なんだよ」

「どうするって」

「月子に会ってどうするんだ？」

「そりゃあ、とめるよ」

どんな事情であれ、啓介が祖母の家に行くたび、どばっと雪を降らせるのは、まずい。

そう続ける前に、緑が舌打ちする。

「これだから人間は！　悪いのはあのだらしない男なのに、理由を聞こうともせず月子を責めるのか」

「いや、責めるんじゃなくて」

「なんで月子がそんな真似をしたか、若は考えようともしないわけ？」

怒りのこもった暗い目に、言葉を失う。

「考えたくないよな、どうせ俺たちなんて、気色悪いばけものだもんな。百重はペットみたいだからまだ平気だとでも思っているんだろ」

ふいうちの指摘だったので、ひやっとした。

「若が店に来てから何日経ったよ？　そのあいだ、俺や黒田と何回、目を合わせたよ？」

彼らを避けるつもりじゃなかったが、なにを話していいかわからず、仕事に逃げていた自覚がある。

「話をする気なんかないんだろ。面倒だな、祟《たた》られたくないな、そんなことしか考えていないんだろ？」

サトリかよ、と七生は胸中でつぶやいた。

子どものころ、祖父が教えてくれたことがある。サトリという妖怪《ようかい》がいる。人の心を読む妖怪だ。

なぜか急に、その記憶がよみがえった。

「おまえなんかを認めてやった月子が、かわいそうだ」

「？　どういう意味だ？」

緑の言葉にひっかかった。

頭に血がのぼっているらしく、緑は、七生の問いかけが聞こえていないようだった。

「伊佐三様だったら、ちゃんと俺たちと話をしてくれるのに。なんでおまえみたいな若造を龍公と呼ばなきゃなんないんだよ！」

一瞬、頭がまっしろになった。

遅れて、怒りがやってくる。

俺だって呼ばれたいわけじゃない。

そう言い返したくなるのを、こらえる。言ってはいけない言葉だ。

「俺たちにも心がある」

緑が吐き捨てる。

「つくもたちなんてとくに、人が心を与えたようなもんじゃないか」

「緑、気持ちはわかるが、いまはおまえの不満を聞くときじゃない。月子の問題がさきだろ」

百重が、静かな声でいさめる。

緑は不機嫌な表情を取り繕うこともなく、七生たちから離れようとした。

七生はとっさに彼の腕をつかんだ。

ここで行かせてしまうと、禍根をのこしそうだった。

「……なに？」

氷点下の声だったが、振り払われなかっただけ、ましかもしれない。

なにを言うか考えていなかったことに気づいて、焦る。

「あのさ、……さっき、俺を認めてやった月子がかわいそうって言っただろう？」

「どういう意味かな。その子って、もしかしてあいさつに来てくれたあやかしたちのなかにいた？」

まずい質問だったか。緑の目がますます冷える。

「若子がはじめて会ったあやかしが、月子じゃないか」

にばんめは私だけど、と百重が胸の毛を膨らませて言う。胸をはったらしい。

「はじめて会ったあやかし……？　ああ！　もしかして商店街で会ったお手玉の子か！」

七生はすぐに思い出した。

あんな奇々怪々な体験、忘れられるはずがない。

納得する七生の手から腕を抜いて、緑は立ち去ろうとする。

七生はふたたび腕をつかんだ。

「しつこいんだけど、なに？」

「いっしょに行こう」

「はあ？」

「その子のところに」

「なんで俺が」

「だから？」

「一方的にその子を責めるわけじゃないって、知ってほしいからだよ」

感情的にならないよう気をつけて伝えると、緑は口をつぐんだ。

信じていない目だ。

「じゃ、今日は、はやめに店をしめて、行くとするか」

百重がかろやかに飛び上がり、七生の肩に着地する。

今日は、いつもより二時間もはやく、店をしめることになった。

◆◆◆

十一月の十七時は、すでに宵の色に染まっている。

米屋は、滾々鶯西通り七丁目。

そのちかくに、啓介の祖母の家がある。

白い壁に、瓦屋根《かわら》。こぢんまりとした古い家だ。表札には味のある字体で、小椋花代《はなよ》、と書かれていた。啓介の祖母の名だろう。

いきなりおとずれた七生と緑を、花代はいぶかしむことなく、親しげな笑顔で迎えた。

年は、七十代だろうか。上品な雰囲気だ。

あたたかそうな紫色の綿入れ半纏《はんてん》を着込んでいる。

「ことのは屋の若だね。伊佐三さんに似ている。いらっしゃい」

戸惑ったが、七生は慌てて頭を下げた。

緑も丁寧に礼をした。

「すみません、とつぜん押しかけて」

「なんの。伊佐三さんから、若の話を聞いている。孫をよろしくと、頼まれているんだよ」

「ほんとうですか」

「ああ。なかへお入り」

通されたのは、狭い居間だ。

玩具《おもちゃ》や生活用品を収納しているガラス棚、ガスストーブ、テレビなどが壁際にある。中央に、焦げ茶色のテーブルが置かれていた。くすんだ赤茶の座布団が四枚、ならんでいる。

七生は、テーブルの上に視線を向けた。

見覚えのある薬の箱が転がっている。

それ以外にも、いろいろあった。ビニール袋入りの蜜柑《みかん》。空の、つぶれたビール缶。灰皿。くしゃくしゃの新聞。食べ滓《かす》のこびりついた皿。

「ごめんねえ。散らかしていて」

「いえ、気にしないでください」

「孫がねえ、さっきまで来てくれていたんだけど」

花代は、ほほえむ。

「どうしようもない子なのよ。もう三十すぎてるっていうのに、仕事はすぐにやめて長続きしないし、大口ばかり叩《たた》くしねえ。だれに似たんだか……」

そうこぼしながらも、花代のまなざしは、あたたかい。

「お孫さんというのは、小椋啓介さんですか」

七生が訊《たず》ねると、花代はうれしそうに、こくんとうなずいた。

顔中に浮かぶしわは、しあわせのしわ。

そんな言葉が、頭によぎった。

「啓ちゃんを知っているんだね。あの子ったら、ことのは屋の若にも迷惑をかけているのかね」

「いえ、ちがいます。うちの店にあいさつに来てくださったんですよ」

「あら……。でも、あの子に困ったことを言われたら、遠慮しないでおしえてちょうだいね」

「はい」

「お金は貸しちゃあ、だめよ」

花代はそのときだけ、憂い顔を見せた。

「物怖《お》じしない代わりに、ずうずうしいところがあるのよ。注意したら、そのときは反省してくれるんだけどねえ……」

けほっと、花代は咳《せ》きこんだ。

「ちょっと待ってね。かたづけるから」

「手伝います」

花代に笑いかけ、七生は散らかっているテーブルにちかづく。

それから、くしゃくしゃの新聞を伸ばし、折り畳む。

見出しは『あきらめるな、駆け抜けろ!!』――あきらめるな、か。

七生は、その文字から目をそらした。

花代の家にいたのは、十分程度だと思う。

長居をしたら花代に無理をさせてしまう。

体調がよくないのか、彼女はときどき咳きこんでいた。

あやかしのこと、大雪のこと、月子のことは、とうとう最後まで口に出せなかった。

話したのは、もっぱら啓介についてのあれこれだ。

七生たちはその後、ちかくの空き地に足を運んだ。

百重の話によると、月子はこの空き地を根城にしているらしい。たまに、商店街にも遊びにくる。

「いたぞ、若子や」

百重が、七生の肩の上で、軽く足踏みした。

月子は、ピラミッド状に積み上げられているタイヤの上にぼんやりと座っていた。

タイヤは、塗料でカラフルにされている。ピンクに黄色、水色。

頂上のタイヤは、赤だ。

そこが彼女の指定席らしかった。

「やあ、月子」

「やあ、百重」

百重が七生の肩から降りて、猫のようにすばしっこくタイヤを駆け上がった。月子のひざに乗る。

百重が言っていた通り、月子は、商店街で会ったお手玉の少女だった。

今日は、緋《ひ》色《いろ》の紅葉が散った芥子《からし》色《いろ》の着物を着ている。

「若子がな、おまえに話があるそうだよ」

百重が言うと、月子の視線が七生のほうに向いた。

隣に立つ緑へも、視線が動く。

「私に、なぁに?」

この子は、やさしい話し方をする。見た目は幼いが、祖母の声を思わせる。

七生は、タイヤに歩み寄ってから、口を開いた。

「あ……あのさ、米屋の――」

七生は、いったん言葉を切った。さきに言うべき言葉がある。あいさつは、肝心だ。

「いや、俺は、赤城七生。前に一度、商店街で会ったよね」

「会ったね」

にこっと月子が笑う。

「祖父の伊佐三に代わって、殻くれない東通りの、ことのは屋を継ぐことになったんだ。それで、皆のまとめ役っていうのかな、あやかし代表の裏町長にもなったんだけど」

「知ってるよ」

「なにかふしぎなことが起きたときは、大きな騒ぎにならないよう、俺が調べることになってる」

「うん」

「君は、米屋の小椋さんを知ってるかな」

「知ってる」

「そこの息子さんが、おばあさんの家に行くとき、いきなり大雪が降るって言っているんだ」

月子はほほえんだまま、首をかしげた。

「君がやってる？」

「私がやってる」

あっさりと彼女は認めた。

「どうしてそんなことをするのか、理由を聞いてもいいかな」

「あいつがきらいだから」

やさしい声音は変わらなかったが、言葉の強さに、七生は心臓がはねた。

「きらい？　なぜ？」

「花代様に金をせびるから」

金をせびるという言葉の生々しさに、七生は反応に困った。

「狡賢《ずるがしこ》い男だよ。何万もせびるわけじゃないんだ。だけど来るたび、煙草代がない、昼飯代がない、ってぼやく。同情した花代様が、それで数千円渡してやる。男はそれを狙っているんだ」

ますます生々しい。

「米屋は、このところ傾きはじめている。花代様は、人間でいうところの、年金、ってやつと、米屋夫婦がくれるお小遣いでやりくりしているんだよ。お金に余裕なんてない。つつましく暮らしている花代様から、お金をかすめとる。私は、あの男が悪人に思えるよ。だから、家に来てほしくない」

胸に刺さるような話だった。

そういえば、米屋はネット事業から手をひいたと聞いている。

「孫だからって、なにをしてもいいってわけじゃないだろう?」

月子の静かな怒りはよくわかった。

啓介がときおり見せるどうしようもなさには、知り合ったばかりの七生でさえ、げんなりする。

だが、雪を降らせていやがらせするというのは、見過ごせない。

彼らの問題は、あくまで家庭の事情の範囲なのだ。
赤の他人である七生が口を挟めば、二人の関係が悪化しかねない。
七生は、悩んだ。
むずかしい。
どう伝えても、あやかしに、わかってもらえる気がしない。
わかっていたら、はじめから雪なんて降らせていないだろう。
ひそかに握りこんだ手が汗ばむ。
啓介を見逃せば、あやかしたちを失望させる。
月子を見逃せば、人間たちはあやかしをおそれるようになる。
両方見逃せば……それはただの、見てみぬふりだ。
どう転んでも、全員から失望される。共存の道も遠ざかる。町は合併される。
「龍公は、あの男の肩を持つの？」
七生の表情を見て、月子は真冬の夜を思わせるような声を出した。
七生は口ごもった。
肩を持つつもりは、ない。だが。
「龍公が慈悲ぶかい子だっていうのは、わかっているよ」

ふと月子は、やわらかい目で七生を見下ろした。

「私たちを拒絶しないもの。だから悪人にも同情してしまうんだね。でも龍公、あれは悪い男だよ。金の無心をすることしか頭にない」

七生に言い聞かせるように、月子は言う。

「花代様からかすめとった金で、あいつはなにをしていると思う？　賭《か》け事だよ。競馬、というやつに、はまっているんだ」

「月子、いくら言ってもむだだ。若子は人間だから、人間の味方しかしない。ここにだって、おまえをとめるために来た」

投げやりな態度で、緑が割りこむ。

月子は、じれったそうに唇をかむ。

「花代様も、龍公とおなじだ。悪人に同情する。あいつは近づけるべきじゃないよと、何度忠告しても家に入れてしまうんだ。だから私が代わりに、あいつを罰さないと」

「でも、小椋さんは、懲りずに花代さんの家にくるだろう？」

「しつこいったら、ありゃしない。いくらこわがらせても、やってくるよ。そんなに金がほしいのか」

そうじゃないんだ、という言葉を七生は飲みこむ。

月子は、どう伝えれば啓介の悪さをわかってもらえるのか、という悩ましい顔をしている。

緑は、しょせん人間だ、というさめた顔をしている。

百重は、よくわからない。

ゆっくりと息を吐き、吸いこむ。

十一月の空気は、冬の匂いを孕《はら》んでいる。

「なあ、月子。たしかに、小椋さん……あの男は、悪いところもあると思うよ」

七生は、彼女の目を見て言う。

「金がきらいっていう人間は、あまりいない」

かく言う自分も、お金がほしい。本音だ。

正確に表現するなら、お金そのものよりも、金で買える物や喜びが、好きなのだ。

服を買うにもお金がいる。

食事をするのも、旅行をするのも。

生きるために、必要だ。

だから働く。執着する。

「でも、金だけがすべてっていう人間も、あまりいないと思うんだ」

「龍公は甘いね。あの男は、そういう人間だ。花代様のやさしさにつけこんで好き勝手しているんだよ。痛い目にあえばいい」

月子は、怒りを押しこめた声で反発する。

やさしさにつけこむ。そうかもしれない。

花代の家には、競馬新聞があった。

『あきらめるな、駆け抜けろ!!』——競走馬を鼓舞する見出しが、脳裏をよぎる。

あれは、蜜柑《みかん》の袋に入っていたものだ。

月子の話は、たぶん正しいのだろう。啓介は花代の家をおとずれるたび、少額のお金をせびっている。

「花代さんは、小椋さんの考えに気づいていると思う。嘘をついて金をせびって、それを競馬に使っていることも。だらしないことも。他人への気遣いができないところも知っている」

「悪人だよ」

「悪い面もあるけど、それだけじゃないんだ」

花代の家の居間は、古いが、きれいに片づけられていた。

散らかっていたのはテーブルの上だけだ。

そこだけ放置されていたのは、花代が調子をくずしていたためだろう。

彼女はときどき、咳《せ》きこんでいた。

だが、テーブルを散らかしたのは、花代じゃない。啓介だ。花代は、さっきまで孫がおとずれていた、と言っていた。

それにあの競馬新聞には、書きこみがあった。ことのは屋で、啓介の文字を見ている。彼はメモ帳に、花代の住所を書いたのだ。特徴的なハネのある文字だった。

蜜柑の皮も、細かくちぎるような独特の剝《む》き方だ。

「外から見たら悪人にしか思えなくても、花代さんにはべつの顔が見えていたのかもしれないよ」

「べつの顔って」

「競馬好きで、かなり無神経で、嘘つきだけど、風邪をひいているときに薬を持ってきてくれる。そういう思いやりがあるとか」

テーブルには、見覚えのあるテープつきの風邪薬もあったのだ。あれは蜜柑入りのビニール袋に入っていたやつで間違いない。短い時間のなかで、花代が話してくれたのは、ひたすら啓介のことだった。米屋を継いだ長男夫婦の話は出なかった。

それだけ啓介との距離が、ちかい。

もちろん、彼を庇《かば》うため、七生に話を聞かせた部分もあるだろう。

花代は、七生が龍公だと知っている。伊佐三から、七生をよろしくと頼まれている。

そして月子のことも、とうぜん知っている。

もしかしたら、月子が啓介にいやがらせをしていることも、知っているのかもしれない。

でも花代は、月子をとめてほしいとは言わなかった。

たぶん、あやかしが関わっているから、判断を七生にゆだねたのだ。

「花代さんは、自分のために腹を立ててくれる月子の気持ちも、うれしかったんだと思うよ」

二人のことをかわいがっているからこそ、どちらにも強く言えなかったんじゃないか。

月子は、唇を尖《とが》らせた。

「若って、楽観的だよな」

緑が、いらいらした調子で、会話に割りこむ。

「そうでもないけど」

「どこがだよ。いや、能天気っていうか、他人をうたがうことを知らないっていうか」

んなわけないだろ、と内心項垂《うなだ》れる。

ほんとうに能天気な人間だったら、あやかしのことでこんなに悩んでいないっての。

「現実を見ろよ。あいつはただ花代さんの愛情につけこんでいるだけなんだってば」

緑は、断言した。月子も真顔でうなずく。

百重はあいかわらず、なにを考えているか、わからない。

「花代さんの点数をかせぐために、会いに行ったり薬を買ったりしたんだ」

緑の人間不信は、かなり根強いようだ。

七生は、苦い思いを飲み下す。

自分に対する不信感も、そこに含まれているのがわかる。

「緑、俺たち人間にも心がある。狡賢いのも、やさしいのも、無神経なのも、矛盾しているようで、していない」

「はあ？」

「緑だってそうだろ？　なんか短気だし、すぐ怒るし、俺のこと嫌っているし、態度も悪いけれどさ。いただきますを丁寧に言う、真面目に仕事をする、子どもにやさしい。いろいろな顔を持っているだろ？」

「はあ⁉」

「小椋さんも、そうなんじゃないか」

「そんなの、若の適当な想像だろ!」

緑は頬を紅潮させて怒鳴った。

「まあ、待て緑」

それまで傍観者に徹していた百重が、ゆるゆると、とめる。

「若の言葉が正しいのか、たしかめてみればいいじゃないか」

七生は驚いた。月子のひざに乗っている百重を見上げる。

「このままじゃ堂々巡りだ。だからな、こうするのはどうだ? あの男が、すこしでも善人の心を持っているとわかれば、月子はいやがらせをやめる。それから貘《ばく》に頼んで、あまり金をせびらぬよう『お告げ』をする」

「貘?」

「人の夢を食うモノだよ。夢渡りが得意だから、お告げ……忠告もできるよ」

あとで書店に寄って妖怪《ようかい》図鑑とか探そう。

「どうだ、若?」

「どんな方法で彼を試すつもりなんだ?」

そこがいちばん、重要だ。

「なに、ちょっと脅してな」

「却下だ」

「人の本性を見るなら、なまぬるい方法では意味がないよ。若だっておぼえがあるだろ?」

あれか。文化センターでの一件を言っているのか。

七生は、思わずうろんな目をした。

どうせ俺は情けないよ。ちくしょう。

「だめだ、百重。俺相手ならともかく、ふつうの人間にそんな真似をするな」

「じゃあ、どうするんだ?」

「ちょっと時間をくれ」

要するに、月子は啓介を真性の悪党だと思っているわけだから、そうじゃないところもあるという証拠を見せればいい。

簡単なことだ。商店街に行って啓介に会い、風邪薬の件を聞く。

あれだけあけっぴろげな男だ、もしも点数稼ぎのためだけに薬を買ったというなら、すぐにそれとわかるだろう。

そののち、月子といっしょに、花代にもう一度会いにいく。他人である七生が同席すれば、月子も冷静に花代と話ができるだろう。

ただし日を置いてからだ。

具合が悪そうなときに何度も押しかけるわけにはいかない。

そんなふうに考えていたのに、あやかしってやつはまったく。

好き勝手にやってくれたのだ。

◆◆◆

夜、昼間の出来事を反映したかのような夢を見ていたとき。

「若子、若子」といきなり百重に起こされた。

なぜか部屋に、緑と黒田もいる。

月子まで揃っていて、唖然《あぜん》とした。

「なっ、なんだおまえたち！」

薄暗い部屋のなかで枕元に座られてみろ。絶叫しなかっただけでも褒めてほしいくらいだ。

「ほら若子、はやく起きろ」

「なんで⁉　いま何時……夜の二時半？　丑三《うしみ》つ時かよ、ふざけんな。本気でこわいわっ」

わけのわからないまま彼らに急《せ》かされ、慌ただしく着替えをして、ことのは屋を出る。

「ちょ、どこに行くんだ！」

「商店街」

肩に乗った百重が、にんまり笑う。

「あのな。貘に、夢渡りをさせたよ」

「えっ、小椋さんにもうお告げをしたのか？」

「うん。花代が危篤だってね」

「……おい、こら。でぶ狐。なんだって？　危篤？　どういうことだ」

「でぶ狐じゃないぞ」

拗《す》ねた百重を揺さぶるが、それ以上はおしえてくれなかった。

寒い夜の道は、しんと静まり返っている。

廃墟《はいきょ》の町のようだった。

七生の足音だけが、うつろに響く。

すこし前を歩く緑たちの足音は、聞こえなかった。

◆◆◆

「ぎゃあああああ‼」

悲鳴を上げているのは、七生じゃない。

啓介だ。

商店街は、おどろおどろしい百鬼夜行の最中だった。

狐火のように揺れる、ほおずき街灯。唐傘に、太鼓腹のたぬき。ろくろ首、小鬼、手足の生えた様々な器物。そういったぶきみな異形たちの影が、啓介を追いかけていた。

七生がこの龍神町に到着したときとそっくりの光景だ。

あやかしの群れは、啓介に向かって口々に言う。

さあ逃げろ。逃げねば襲うぞ。おまえの代わりにばばあを食おう。おまえは見逃してやってもいい。だがばばあのもとへ行くならおまえも殺す。さあどうする。

「嘘だろ。なにやってるんだ、おまえら」

七生は、青ざめた。

とめようと伸ばした腕を、緑と黒田がおさえる。

どれほど必死に走っても、啓介は前に進めていない。写真館のそばに立っている七生たちの姿も、目に映らないようだった。

「やめさせろ」

七生は厳しい声で言った。

肩の百重が、七生の顔をのぞきこむ。

「若子。月子や私がおまえさまをひとたび信じようと思ったのは、ここでの一件があったからだ」

百重の狐面を見つめる。

「若子もこうしてみなに追いかけられただろ。でも私のことも月子のことも見捨てなかった」

「月子とは話をしただけだろ！　おまえたちとの追いかけっこには参加してない」

「若の懐にいたじゃないか」

懐って、パーカーの前ポケットか。

「あそこにいれていたのは、お手玉だ」

「お手玉のなかに、月子の霊が入っていたんだよ。重かったろ」

「あれか！」

「人の本性は、危機が迫ったときに表に出るからな」

呑気《のんき》な物言いに、七生は足を踏み鳴らしたくなった。

啓介に、視線を戻す。

彼は脇目も振らず、七生のとき同様、全力で走っている。

だが、出口の門にはたどり着けない。

追うあやかしたちが、笑う。脇道へ逃げたらどうだ、そうしたら見逃してやるぞ。

啓介は、とまらない。ちかづかない出口をひたすら目指している。

「ばばあの命をよこせ、どうせもうすぐ死ぬさだめだ」

「邪魔だろう」

「荷物だろう？」

「ばばあを食わせてくれたら、金をやろう」

あやかしたちは、熱心に言う。

啓介の良心を、おそろしい脅しの言葉で蹴散《けち》らそうとしている。

啓介は、汗だくになりながら走り続けている。

両手には、なぜか風邪薬と競馬新聞がにぎられていた。見出しの文字の一部が、目に飛びこむ。『駆け抜けろ‼』──その言葉通り、彼は競走馬のように足をうごかしている。汗と鼻水で顔はぐちゃぐちゃだ。恐怖で目が血走っている。目尻《めじり》からこぼれた涙が、おもしろいほど飛び散っている。

そんな状態でも、立ちどまらないのだ。

「だったら、おまえを食わせろ」

「ばばあの代わりに食わせろ」

啓介は、猿のように歯を剝《む》き出しにして、ひいいっと、さけぶ。

見ていられない姿だ。

恐怖にひきつる人間の顔は、醜い。

とても醜い。

だが、七生も、月子も目をそらさない。

ばばあを捨てろと、あやかしは繰り返し脅す。啓介は答えない。ひぃひぃさけびながらも、出口を一途《いちず》に見つめている。ひたすら走る。

彼は途中で競馬新聞を捨てた。

風邪薬は、手放そうとしなかった。

「――もう、やめておくれ」

月子が、七生の手をにぎって、つぶやいた。

「おまえたち、もうよしておくれ」

彼女の声を聞いて、あやかしたちは、ぴたりととまった。

その瞬間、啓介が弾丸のようないきおいで、出口の門に駆けこんでいった。

彼の悲鳴が尾をひく。

だれか助けてくれえ、ばけものがいっぱいだ、ちくしょうばばあ死ぬなよ、いま行くから待ってろよ。

「人って、難儀だねえ……龍公」

「まあね」

七生は、ため息をついた。

◆◆◆

数日後、ちょっとやつれた顔の啓介が店にやってきた。

変な夢を見たと、興奮した口調で訴える。

ばばあが危篤だという連絡が入って、慌てて駆けつける途中、ばけものの大軍に襲われた。

死ぬかと思った、もうだめだと思った。つぎの瞬間、布団を蹴散らして飛び起きた。なんでか片手に風邪薬をにぎっていた。それから急いで部屋を出て、ばばあのもとへ走った。

今度は夢じゃなくて現実だ。こっちの心配をよそに、ばばあはぴんぴんしていた。

大雪も降らなくなったそうだ。

七生は、笑顔を心がけて言った。

「その風邪薬、きっとご利益がありますよ」

◆◆◆

その日の夕食の席で、七生は、緑たちに伝えた。

今回のように、人を試すような真似をしてはいけない。

まっさきに反発したのは、緑だ。

「なんでだよ。俺たちのおかげで解決できたんじゃないか！　月子もいやがらせをやめた。あの男だって、花代さんに金の無心をしなくなった」

「じゃあ緑は、こんな相談が持ちこまれるたびに、人を試すのか？　たしかに解決したけれど、あれじゃあ、小椋さんはあやかしに対して恐怖しか感じないだろ」

「試させる人が悪い。うたがわせる人が悪い」

百重と黒田は、七生たちの会話を黙って聞いている。

緑の意見に賛成なんだろう。そんな空気を感じる。

「人を試せば、人のほうもおまえたちを試すようになる」

七生は、強めの口調で言った。

「勝手に試せばいいだろ。俺たちは、人みたいに、すぐに裏切ったり約束をやぶったりしないんだから。いつだって心変わりをするのは人間だ」

「変わっちゃだめか？」

緑はわずかに身をひき、警戒した。

「なに？　それって、若も心変わりするって宣言？」

七生は、緑と目を合わせた。

「そうだよ」

「人間ってやつは……」

「変わらなきゃ、だめだろ」

彼の怒りに、言葉をかぶせる。

「ここに来たばかりの俺は、おまえたちがちょっと、こわかったよ」

緑は、わかりやすい。とたんに不機嫌そうな顔を見せる。

怒りっぽいのは、不安だからだ。

七生が彼らをこわがるように、彼らも七生をおそれている。

邪魔だ、重い、と切り捨てられることに、おびえている。

「でもさ、すこしずつ、おまえたちのことを知っていけば、こわくなくなるじゃないか。なのに心変わりを許してくれなきゃ、いつまでも俺はおまえたちを、こわがらなきゃいけないってことになる。それは、いやだよ」

緑は、目を丸くした。

「脅して試して、心を暴くんじゃなくてさ。もっと話して、つき合っていこうよ。相手が心を開いてくれるまで、根気よく。共存って、いっしょの時間を生きることだろ。相手の全部を認められなくても、一部分でもわかり合えたら、それって大成功だと思わないか」

ほぅ、と百重が、うれしげに鳴く。

「今日まで、ちゃんと言わずにいて、ごめんな。これまで、じいちゃんを支えてきてくれてありがとう。今度は、俺とつき合ってほしい。おまえたちが必要だし、頼りにしているんだ」

よろしくな、と頭を下げると、黒田は目を伏せた。

緑は、なぜかさらに怒ったような顔をする。

本気で怒っているわけじゃない。

と、信じたい。

「若子や」

テーブルの隅に乗っている百重が、たしたしと前脚で七生の腕を叩《たた》く。

「重くて、邪魔だが、捨てぬか」

「捨てないよ。重くても、邪魔じゃないよ」

「そうか」

「百重」

「なにかな」

「俺はつり目で、惣領《そうりょう》の威厳もなくて、どんくさいけど、捨てたいか？」

「捨てぬよ、若子や」

「ふうん」

狐の面が、にんまり笑う。ご機嫌の様子だ。

そこを、七生はいきおいよく抱き上げた。

ほうっと百重が驚く。

「でも躾《しつけ》は肝心だからな！　テーブルに乗るのは禁止だ。料理に毛が入る。行儀が悪いぞ」

もがく百重を、ひざに乗せる。

「それから、若子、と呼ぶな」

びっくりしたように緑がこっちを見た。

黒田も目を見開いている。

「若造だろうと、龍公だ。おまえたちの長で、あやかし代表の裏町長だろ」

「おや」

七生は、百重の前脚を軽くにぎり、手を合わせるようにした。

「さ、食べるか。――いただきます」

「ほぅ」


翌日、店を開いて、外に出たとき。

カプセルトイの上に、白い塊が積み上げられているのに気づいた。

なにかと思えば、雪うさぎだ。

笑い声が聞こえたので見上げると、入り口屋根の上に、月子が足をぶらぶらさせて、座っていた。

頭にぽこっと、雪うさぎをひとつ、落とされた。

第三話　金魚、あげましょ。

「悪い椀《わん》なのです」

ずずっ、と海苔《のり》のみそ汁をすすったのち、黒田《くろだ》が言った。

朝飯の場だ。

どうでもいいが、イケメンはみそ汁を飲んでいてもイケメンだった。

七生《ななお》は、秋刀魚《さんま》の身をほぐしながら、へえ、とうなずいた。

この、ぱりっとした皮が、いい。

秋は、秋刀魚。これにかぎる。

大根おろしをたっぷり載せ、そこに醤油《しょうゆ》をかける。秋刀魚の脂身は、大根おろしと合わさることにより、さらなる旨味《うまみ》の階段を駆け上がる。黄金の組み合わせだ。

きんぴらごぼうの食感がたまらない。味が濃いめのほうが、ごはんと合う。

ごはんは、シラスとわかめ入り。

卵焼きは、ニラ入り。ふわっとした甘いやつもいいが、醤油風味もなかなか。

豆とこんにゃくの煮物は、なかまで味が染みている。口に入れた瞬間、唾液《だえき》があふれる。

大根のてんぷらも、すばらしい。

つまり、しあわせだ。

飯がうまいと、それだけで「生きてる！」って気分になる。

今日の朝食は、ほんとうなら鮭の蒸し焼きのはずだった。

百重《ももえ》が急に、秋刀魚が食べたいとだだをこねたのだ。料理担当の黒田はちょっと渋っていたが、七生が、異議なし、と百重に賛成すると、すぐに変更してくれた。

「黒田は料理が上手だよなあ……」

「ありがとうございます。それで、椀なのですが」

「ああ、うん。悪い椀ね」

七生は百重のぶんの秋刀魚もほぐし、ついでに、食べやすいよう、こんにゃくに爪楊枝《つまようじ》をさしてやりながら、またうなずく。

食事時は、百重も人の姿に化けるようになった。が、箸《はし》を使うのが苦手らしく、さっきから秋刀魚の身をぼろぼろと皿の外にこぼしている。それで、つい手伝ったわけだが、にんまりしているところを見ると、もしかして百重の思うつぼだったんだろうか。

黒田の隣に座っている緑は、卵焼きを食べながら、ひややかな目を百重に向けている。

自分でやれ、と言いたげだ。

「その椀を、どこから預かったって？」

爪楊枝をさし終えてから、黒田に視線を戻す。

黒田も咎《とが》めるような目で百重を見ていたが、椀の話を進めることにしたのだろう。「蕎《そ》麦猩々《ばしょうじょうじょう》南通《みなみどお》りの歌川《うたがわ》さんです」と答えた。

「歌川さん……ああ、あそこの家か」

蕎麦猩々南通りに住んでいる歌川家の当主のことなら、地元の人間はたいてい知っている。

着物屋と提灯《ちょうちん》屋、それからみやげもの屋を経営している。

手広く商売をしている金持ちなのだ。

五十歳をこえるはずだが、人によっては若く見えたり、逆にもっと年がいっているように見えたりする。温厚で、こまかいことは気にしない性格だという。

そんな、どこか浮世離れした雰囲気を持つ当主だが、欠点もある。

とにかく骨董《こっとう》品に目がないのだ。

高額の商品をつぎつぎと買いこむので、年中奥さんに怒られている。

本人は悪びれず、いつでも飄々《ひょうひょう》としている。その態度がなおさら奥さんの怒りに油を注いでいるらしい。

いつ離婚話が持ち上がるかと、周囲はひやひやしているが、なんだかんだで長く続いている。

これが、歌川家の当主に対する住民共通の認識だ。

「奥方の多恵子《たえこ》さんが、気味の悪い椀だから、うちで処分してほしいと」

「あ、当主じゃなくて、奥さんが言ってきたのか」

「あそこは、多恵子さんだけが、我々の存在を知っています」

七生は一瞬、箸をとめた。

「そうなのか？」

「ええ。町長の友人だそうで。共存計画の協力者の一人です」

「じゃあ、俺が裏町長ってことも知ってる？」

「はい。あやかしに関する相談のほか、気になる器物を見つけたときも、ことのは屋へ。事情を知る人々にはそう通知してますので」

「通知？　いつ？」

「あなたが町に戻ってきた日に」

「黒田が知らせを出したのか？」

「いえ。秘書部の東野《あずまの》さんが。龍公《りゅうこう》にはまず、こういったふしぎな問題に対応してもらい、あやかしたちとの触れ合いに慣れてほしいと。いずれは、あやかしたちにも協力を仰いで町おこし事業を手伝ってほしいそうです」

呆気《あっけ》に取られた。

百重から、さらっとお目付役の話を聞いている。

が、町おこし事業の協力とか、初耳なんですけど。

黒田は涼しい顔をして、きんぴらごぼうを口に運んでいる。

彼らと暮らしてわかったこと、というか黒田についてわかったことが、いくつかある。

そのひとつが、こっちからつっこんで質問しないかぎり、なにも説明しようとしないってことだ。

一見、緑《みどり》のほうが気難しそうだが、実際は逆。

物腰のおだやかな黒田のほうが、警戒心が強い。打ち解けるまで、時間がかかる。

そういう、訊《き》かれたことしか答えないタイプの黒田が、自分から椀の話を振ってきた。

かなり、あやしい。

なにか隠している。

七生は、豆を口に放りこみながら、黒田の様子をうかがう。

「黒田、もっとくわしく話してくれ」

「歌川家ご当主の正敏《まさとし》さんが、隣町開催の骨董市で、古道具を買いこんできたそうです。そのなかに、悪い椀がまざっていたそうです」

「悪い椀、って、どう悪いんだ？」

「魚を食べたそうで」

思わず、食べかけの秋刀魚を見下ろした。

「椀が魚を？　どういうことだ？」

「魚と言っても、金魚です」

黒田は、そこですこし黙った。口のなかのごはんを飲みこんでから、話を続ける。

「わりと大振りの、めし椀で。部屋に飾っていると、正敏さんのご子息から、子ども祭りの屋台《やたい》ですくった金魚を入れるのに使いたい、と頼まれたそうです。翌日、水槽を買う予定だったとか。しかし、翌朝見たら、椀のなかの金魚が消えていた。水だけ残っていたらしいです」

「待て」

七生は、箸を置いた。

つられたように、黒田も箸をおろす。

「子ども祭り？　それって、いつの？」

龍神町《りゅうじんちょう》は通りごとに、子ども祭りやら紅葉祭りやらと、頻繁に行事を開催している。出店を並べる程度の小規模な催しだ。

「どこの通りで開催した祭りだ？」

七生はさらに質問を重ねた。

黒田は口ごもっている。

いちばんに食べ終わった緑が、全員分の番茶を用意しながら、呆《あき》れたように黒田を見る。

「十日前、蕎麦猩々南通りの駐車場でやっていたやつだろ？」

「十日前？　それって、小椋《おぐら》さんがうちの店に来るよりも前だよな？」

「そう。奥さんから椀を預かったのは、その四日後」

「ちょっと待て。六日前にはもう椀を預かっていたってことなのか？」

うなずく緑を、黒田は一瞬、鋭い目でにらんだ。

余計なことをバラしやがって、という目つきだ。

「なんでそのときに、言わなかったんだよ……、いや、信用されてないのはわかってるけどさあ……」

七生は、リアルに落ちこんだ。

心のなかにとどめておくべき言葉を、つい声に出してしまう。

黒田の心境は、なんとなく想像できる。名ばかりの龍公にわざわざ知らせる必要はないって判断したんだろうし、実際、相談されても役に立てるとは言いがたい。

それでも七生は、がんばってみたいと思っていたのだ。

「あーあ。ユキが龍公をへこました」

緑が鼻で笑って、からかう。

しあわせそうにこんにゃくを食べていた百重も、ふかぶかとうなずく。

「ユキが悪いなあ」

ユキっていうのは、黒田のこと。由紀夫《ゆきお》だから、ユキ。

七生が先日、大学時代の友人に黒田と同じ名前のやつがいてユキと呼んでいた、という話をしたせいだ。それが気に入ったのか、緑も百重も、黒田のことをユキと呼ぶようになった。

そのユキこと黒田は、困ったように眉《まゆ》を下げて、七生を見ている。

七生を信じていないというだけで、意地悪をするつもりではなかったんだろう。

信頼は、強要して得るものじゃない。

七生は気を取り直し、話を続けることにした。

「それで、その椀《わん》は、いまどこに保管しているんだ？」

「……二階の倉庫です」

「ほかにおかしなことはあったのか？　金魚が消えただけ？」

「いえ。消えた金魚の絵が、椀の内側に浮かんでいたそうです」

「もとからそういう絵柄が入っていたんじゃないのか？」

「金魚を入れるまでは、梅の枝の図が入っているだけだったと聞いています」

「椀が金魚を食ったから、新しく図が浮き出たってことか？」

「ええ。ふしぎに思った当主が、その日のうちに出目金を一匹買ってきて、試しに椀に入れてみたそうです」

「どうなった？」

「その出目金もやはり消えて、椀の内側に絵が新しく入ったと。当主はおもしろがっていましたが、奥さんはあやかしが関係していると考えました。それで、椀を取り上げ、うちの店に持ってきたんです」

「黒田は、その椀を実際に見たんだろ？」

「はい」

「ほんとうに出目金と金魚が描かれていた？」

「はい」

「その椀は、あやかしなのか？」

黒田は、食べ終わって空になった皿を重ね、湯呑《ゆの》みをひとつ、七生のほうに移動させた。

「力の弱い、つくもです。人の姿に化ける力もありません。これ以上揉《も》め事を起こす前に、はやめに処分したほうがいいと思います」

「えっ」

湯呑みを口に運ぼうとして、七生は固まった。

「でも、仲間だろ？　そんないきなり、処分って」

「人類はみな兄弟ですか？」

黒田が冷たく言った。

「残念ですが、つくもはみな兄弟じゃありません。金魚……生き物を食うつくもですよ。力がつけば、いずれは人を食うようになるかもしれません。そうなってからでは遅いでしょう」

七生は、湯呑みから立ち上る湯気を見つめた。

この場のいきおいで提案したというような雰囲気じゃない。

ひとまず倉庫に隔離していたが、このままではいけないと思い直したんだろう。しかし、処分するなら一応、七生にも話しておいたほうがいい。そんなふうに黒田は判断したらしい。

「処分してもいいですね？」

「どうやって？」

「壊します」

「それだけでいいのか？」

「燃やしますんで」

「うーん」

ここに来る前は、平然と椀や皿などの器物を捨てていた気がする。それがあたり前だった。

だが、いまは。

「忘れたんですか、あなたも文化センターで、皿のつくもに食われかけたでしょう」

血の気がひいた。そうだった。

人を憎むつくももいる。

椀もそのたぐいだ、と黒田は警告したいようだ。悩んだのち、ほかの二人に顔を向ける。

「百重と緑の意見は？」

な気分だ。


「壊す一択」

緑も、にべもない。

「どうするかは、龍公が決めるべきだな」

百重は意味深に言って、中立の姿勢を見せる。

七生はしばらく考えた。

飯がうまくて、しあわせな心地だからか、壊す、という言葉をなるべく遠ざけたいよう
な気分だ。

椀は、腹が減っていたから金魚を食べたのか。

空腹は、ふしあわせだ。

いらいらするし、身体に力も入らなくなる。思考能力もにぶる。

「いちど、その椀を俺にも見せてくれないか？　倉庫にあるんだろ？」

とたんに、黒田と緑がいやな顔をした。

「龍公、ユキの話を聞いていたのかよ？　襲われる可能性があるんだぞ？」

「ええ。木箱に封印している状態なんですよ。開けずに、このまま壊したほうがいい」

過激な二人に、七生は顎《あご》をひく。

やけに壊したがるな。

「でもさあ、黒田と緑がそばにいるんだし。大丈夫じゃないか？　皿のつくもに襲われたときだって、助けてくれただろ」

黒田の正体は化け猫、緑は雨虎《あめふらし》だ。

あめふらしってなんだ？　と、試しにネット検索してみたら、虎とは似ても似つかない、ぬめっとした生き物がヒットしたんだけれども。どうなっているのやら。

あやかしとして進化した結果、姿も変わったんだろうか。

「守ってくれたときのおまえたち、かっこうよかったよな」

押し黙る二人を、百重がうろんな目で見ている。

「番茶、飲み終わったら、椀を見せてよ」

今度は、反対の声は上がらなかった。

◆◆◆

土曜日の仕事は、十五時まで。

店を閉めてから、みなで居間に集まる。

テーブルの上には、黒田がしぶしぶ倉庫から持ってきた、赤と白の紐《ひも》で結ばれた木箱が載っている。

「ほんとうに開けんの？」

緑が心底いやそうに言う。

「どうなっても知らないぞ」

「脅すなよ……」

そんなに危険なのか。七生は、見たいとせがんだことをすこし後悔しはじめていた。なにかあったときの盾にするつもりで、狐姿に戻っている百重を抱きかかえる。

「いきなり飛びかかってくるとか、ないよな？」

「開けるの、やめますか？」

黒田が、ぜひそうしようという口調で、訊《たず》ねる。緑も、うなずいている。

「いや、見る。見るけどさ。……開けてくれる？」

黒田はため息を落とすと、木箱の紐を外した。蓋《ふた》も外す。

「……襲ってこないな」

七生は、おっかなびっくり木箱をのぞきこんだ。

やや大振りな、黒漆のめし椀が赤い絹に包まれている。古いもののようだが、汚れはない。

百重をひざに置き、思い切って、木箱から椀を取り出す。

緑と黒田が、あっという顔をした。

おまえら、なんでそんな責める目を向けてくるんだ？

内心いぶかしみつつ、椀の状態を調べる。

「ほんとうだ、金魚と出目金の図が描かれているな」

もとからあったという梅の枝の図は、椀の外側。

金魚と出目金は、椀の内側に入っていた。ゆるゆると水中を泳いでいるような印象だ。

「おーい。人や動物を襲わないって約束しろよー」

こんこんと爪で叩《たた》いてみたが、反応はない。

「なあ、これって逸話持ちの器なのか。ほら、俺の部屋に飾ってる村雨丸《むらさめまる》みたいな」

「知りません。そんな逸話があれば、とっくに化けているでしょう」

黒田がそっけなく答える。

「龍公って、警戒心なさすぎだろ」

緑が疲れたようにつぶやいた。

「いや、でもさ、なんかこいつ、ほんとうに悪い椀か？　あんまりそんな感じがしないんだよなあ」

「龍公につくもがみのなにがわかるんだよ。皿だって、化けるまで危険かどうかわかってなかったじゃないか」

ぴしゃりと言われ、七生はしょげた。

ひざの上で、百重が尾を揺らす。

「これ緑。言いすぎだ」

「事実だろ」

緑は強気で反論し、しかめっ面を作った。

あやかし事情はたしかにつかみきれていないのだが、ひとつだけわかっていることがある。

いますぐ攻撃をしかけてくるような危険なつくもがみだったら、七生がなにを言っても彼らは蓋を開けさせなかっただろう。七生のためじゃなく、祖父の伊佐三《いさぞう》のために。

緑に言われた言葉が、よみがえる。

『伊佐三様だったら、ちゃんと俺たちと話をしてくれるのに』

彼らにも、心がある。

だから、伝聞だけで決めちゃだめだ。

七生も、椀《わん》の話を聞いてみたいと思うのだ。

ほんとうにおまえは、悪い椀なのか？

「二つ先の通りに、花屋があったよな？」

七生は顔を上げ、黒田に訊ねた。

「ええ、それがなにか？」

「土曜のこの時間って、まだ開いていたっけ」

「五時まで営業していたかと」

「あー、いまって三時半？　じゃあ急いで買ってくるかな」

なんでいきなり花をほしがるんだ、という視線を三方から浴びる。

「種類がわかるなら、俺が買ってきますが」

黒田が不信感を隠さない口調で言う。

「あ、いいの？　花ならなんでもかまわないよ。でも、できれば小振りの花びらで。椀に浮かべられるような大きさ」

「うん？　龍公や。椀に、花を入れるのか？」

百重が首をかしげる。

七生は、百重の首まわりを撫《な》でた。

「そう。椀は、その花も食うのか、たしかめたいんだ。で、明日まで俺の部屋に置いてみる」

「ふざけてんのか龍公」

緑が低い声で言った。

「ふざけてないって。俺の部屋なら、村雨丸があるだろ。あいつ、護身刀じゃないか」

あやかしがプレゼントしてくれた刀だ。いまのところ薄汚れた刀にしか見えないが、危険が迫ったらなんとかしてくれるだろう。

「百重も俺の部屋で寝起きしているしさ、大丈夫だ」

「ほぅ」

「そういう問題じゃない！　底なしの馬鹿だろ！」

なあ俺っておまえらの惣領《そうりよう》だよな？　と訊《き》きたくなってきた。

ちょっとは主人扱いしてくれてもいいんじゃないか。

黒田は頭が痛い、という顔をしている。

「こんな馬鹿を龍公と呼ばなきゃなんないのかよ！」

思わずと言った調子でさけんだ緑に、七生は力なくほほえんだ。

「馬鹿なんだ。あきらめてくれ」

◆◆◆

もう口もききたくないとばかりに緑と黒田が居間を出ていったあと。

七生は椀を木箱に戻した。

それを自室に置いてから、花屋へ向かう。

買ったのは、黄色い花だ。

店員に名前をおしえてもらったはずだが、つぎの瞬間には忘れている。

そんなん覚えていられるか。とりあえず、キク科だ。

帰り道、自動販売機でペットボトルの水も買う。

それから店に戻る。一階店舗も、二階も、しんとしている。

黒田と緑は部屋でふてねしているのか、あるいは、七生が花屋に向かっているあいだに、彼らも外出したのか。

自室に入ると、椀の見張り役を頼んでいた百重が座布団の上に座り直して、七生を見上げた。礼代わりに頭をひとなでするると、百重は身軽なうごきで七生の肩に飛び乗った。

七生は、丸テーブルに載せている木箱を、ちらっと見る。

その横に花とペットボトルを置いてから、「かわりはなかったか？」と百重に訊ねる。

「うん、静かなものだったぞ」

百重の答えに、やっぱり悪い椀には思えないよなあ、と胸中でつぶやく。

椀をふたたび木箱から取り出し、テーブルに置く。

水を張り、そこに、ちぎった花を浮かべる。

ゆらゆらと水が揺れる。

椀の内側に描かれている金魚たちも、まるで泳いでいるようだ。

七生は息をひそめて、様子をうかがう。

揺らめきの加減か、金魚たちの位置がさっき見たときと、ずれているように思えた。

肩の上から椀を眺めていた百重が、「ほほっ」と爺《じじ》臭く笑う。

「いやはや、龍公も見かけによらず頑固だなあ」

「なにが？」

あまったペットボトルの水を飲みながら、肩の上の百重に聞き返す。

「ユキらは、壊せと言っていただろ？」

「壊すのは、いつでもできるじゃないか。でもそうしたら、もとには戻らないんだろ」

それは、殺す、とどうちがうのだろう。

七生が処分をためらったのは、そんな意識も頭の隅にあったからだ。

「慎重なのは、いいことだ」

百重は、軽やかにテーブルに移る。

前脚で、水に浮いている花をちょいちょいとつつく。

「ほーれ、花は食わんか。食わんのか」

「煽《あお》ってどうするんだよ。……百重、テーブルに乗るのはだめっつっただろ」

「足は汚れておらんぞ」

「汚れは関係ない」

「だがな龍公や。椀は、テーブルに載せているじゃないか。なのに、この百重はだめなのか。ひいきじゃないか？」

不満そうだ。

百重の価値観がわからない。

「こいつは、椀だろ」

「ただの椀じゃないぞ。力は弱いが、つくもであることは間違いない」

なるほど。

ふつうの食器だったなら、文句はなかったんだろう。

「新入りを甘やかせば、和が乱れる」

百重が大真面目に言うので、七生はつい笑った。

しかし、おなじあやかしなのに、なぜ椀はよくて百重はだめなのか。それを説明するのは、思いのほか、むずかしい。

もしもこの椀が、百重のように動物のなりをしていたら、テーブルには載せていなかったはずだ。

自分の顔から、笑いが消えた。

これもある意味、見た目に惑わされている例なのか。

七生は、ゆるく頭を振ると、百重の身を持ち上げた。

見た目に惑わされている部分は、否定できない。

が、理由はそれだけじゃない。

「ひいきじゃなくて、もともとの性質の問題かな」

「あやかしとしてのか？」

「そうとも言える。こいつは、椀のつくもなんだろ？　椀は、こうしてテーブルに載せるモノだ。でも百重は、野狐《やこ》だよな」

「そうだな」

「狐は、テーブルに載せたり飾ったりするモノじゃない。仮にこいつがコップや箸《はし》のつくもでも、テーブルに置いたぞ」

百重は納得したのか、おとなしく七生のひざにおさまった。

が、思い出したように、七生を仰ぐ。

「龍公。私がレジ台のテーブルや棚の上に乗ったときは、叱らないじゃないか」

「うーん」

「このテーブルと、なにがちがうんだ？」

そうくるか。

どこに乗っていいか悪いか、というのは、人間の感覚や常識で決めている。

基本的に、食べ物を載せる台に土足で上がるのは禁止、というのが七生の考えだ。

しかしこれを言うと、レジ台のテーブルにだって飴玉《あめだま》の瓶を載せているじゃないか、と返されるのは目に見えている。

「……百重。俺もこのテーブルには裸足《はだし》で乗らないだろ？」

「おおっ」

「ついでに言うなら、居間のテーブルにも上がらないだろ」

「そうか。龍公も乗らぬ。おなじか」

「ああ」

「わかった」

百重は、機嫌を直した。

◆◆◆

冷えこむ深夜。

寒かったので、百重を抱えこんで寝ていたら、とつぜん、ぎゃおん！　と獅子《しし》が咆哮《ほうこう》したかのような鳴き声が響いた。

続いて、がたん、ばりっ、となにかが壊れる激しい音。

これが、耳元で発生した。

七生は、布団と百重を蹴散《けち》らし、飛び起きた。

反射的に部屋の隅まで逃げる。

思い切り肩を壁にぶつけてしまったが、痛みより恐怖が勝った。

「な、なんだ⁉」

寝起きということもあり、天井の豆電球だけじゃ、暗くてなにが起きたか、わからない。

「百重！　どこにいる？　ぶじか⁉」

震えながら声をはり上げた直後、室内の電気がついた。

百重が、襖《ふすま》の横のスイッチを、ジャンプしてつけたのだ。

「ええっ、どういう状況だこれ！」

七生は、愕然《がくぜん》とした。

惨状だ。

眠る前に、奥側に移動させていた丸テーブルが、真っ二つに割れている。

なぜか鞘《さや》から抜かれた状態の村雨丸が、割れたテーブルのそばに落ちている。その横には、椀《わん》に浮かべていた黄色い花がころんと転がっていた。

椀も、床に落ちていて、畳に、水の染みを作っている。

七生が驚いたのは、椀の内側から、梅の刺青を彫った太い腕が伸びていたことだ。

その雄々しい手は、黒ぶちの大柄な猫をひっつかんでいた。

どうやら、椀のなかに猫を、ひきずりこもうとしている。

猫は、怒りに満ちた鳴き声を上げながら、畳に爪を立てて抵抗している。

かたかたかた、と村雨丸の刀身が震えた。

切っ先が、椀のほうに向いている。

「ちょっと待て、おまえたち!!」

七生はとっさに両手を前に突き出し、さけんだ。

村雨丸も、椀も、猫も、ぴたりとうごきをとめた。

やがてするすると、椀の腕がひっこんだ。

「……なにをやっているんだ、ユキ」

百重が呆然《ぼうぜん》とした声で言い、畳につっぷす黒ぶちの猫を見つめた。

七生も、まばたきも忘れて、黒ぶち猫を見やる。

ユキ。そうだ、こいつは黒田じゃないか。

そのとき、ばたばたと慌てたような足音が聞こえてきた。

襖《ふすま》が、ぱんと開かれ、スウェット姿の緑が現れる。

「龍公! なんの音だ、いまの! ……な、なにがあったんだ?」

緑が目を剝《む》いて、荒れた室内を見回した。

◆◆◆

「――つまり、こういうことか。黒田は、俺に危険があっては困ると思い、椀をつまみだそうと部屋にもぐりこんだ。でも、害されると気づいた椀に、反撃された」

七生は重い口調で言った。

猫姿のままの黒田がそっぽを向く。

前脚を舐《な》め、聞こえないふりだ。

その様子を、呆《あき》れた目で百重が見る。

七生の隣に座った緑は、真っ二つに割れたテーブルと、座布団の上の椀と、黒田を順に眺めている。

七生は、口調を変えず、話を続けた。

「そうしたら今度は、黒田の身が危ない、と感じた村雨丸が椀を攻撃した。そのとき、テーブルが壊れたと」

黒田はかたくなにこっちを見ない。

七生は、うつろな目をした。なんなんだ、このカオスは。

そこまで心配してくれた黒田をほめるべきなのか。

危険を察知してくれた村雨丸も、ほめるべきなのか。

「……わかった。とりあえず、椀はいったん木箱に戻して、倉庫に入れるよ」

いますぐ壊せよ、と言いたげな視線を三方から浴びた。

七生は、無視した。

いろいろとたしかめたいことがある。

まだ、この椀を罰する気にはなれない。

「これで椀がやばいやつだってわかったのに、なんでそうもしつこく情けをかけるんだよ？　死にたいのか？」

緑が、棘《とげ》しかない目で七生を見る。

安眠を妨害された怒りもあるようだ。

「最初に手を出そうとしたのは、黒田だろ」

「龍公を守るためじゃないか」

どうなんだろうか。

緑の言葉に、うなずけない。

肝心の黒田は、言い訳もせず、否定もしない。

「明日、椀の処遇を決めるから」

とりあえず今日は、居間で寝ることにする。

◆◆◆

翌日の日曜日。
百重に、「椀が勝手に壊されないよう見張っていてくれ」と頼み、七生は店を出た。
緑と黒田から批判的な視線を頂戴《ちょうだい》したが、そこはゆずれない。
行くさきは、歌川家だ。
朝のうちに、先方に電話を入れ、来訪の許可を得ている。
運良く、椀の預け主である多恵子が電話に出てくれたので、話はスムーズにすんだ。
桜《さくら》さんざか坂《さか》から商店街を突っ切り、歌川家を目指す。
わりと時間がかかった。
ほかの住宅から離れた場所にある、りっぱな家の前で足をとめる。
漆喰塀《しっくい》で囲まれた侍屋敷のような家だ。
手入れされた松の枝が、塀の上から飛び出している。
ここが歌川家で間違いない。
チャイムを押すと、家政婦とともに、多恵子が出てきた。

そこであいさつし合ったのち、七生は客間に通された。

ヒノキの耳付きテーブルを挟んで、多恵子が向かいに座る。

家政婦は、緑茶と和菓子を用意すると、すぐに客間を出ていった。

「急に押しかけてすみません」

「いえ、お渡ししたあの椀に関係する話でしたら、私どもにも責任がありますから」

多恵子は表情がとぼしく、迷いのない話し方をする。

痩《や》せていて小柄だが、迫力がある。

いかにも女主人という風情だ。

年は四十をすぎているだろう。

上品な柄の着物に身を包んでいる。髪は、きれいにまとめられていた。

「ことのは屋さんには、昔からお世話になっています。伊佐三さんは他県へ移られたと聞いておりますが、ご体調のほうは？」

「はい。お気遣いありがとうございます、元気でやっているようです」

「そうですか」

厳しい印象の瞳《ひとみ》に、やわらかな色がよぎる。すぐに多恵子は、無表情に戻った。

「それで、お電話では、私に二、三、椀について聞きたいことがあるとおっしゃいましたね」

「はい」

うなずいたが、どう切り出せばいいのか悩む。

「余計な気遣いは無用です。私にも、人ならざるモノたちが見えています。東野さんからも、ことのは屋さんに協力するよう、頼まれています」

「あ、ありがとうございます」

緊張しながら七生は口を開く。

呑気《のんき》で威厳のかけらもない自分の母親とは、大違いだ。

「それじゃあ……。さっそくお訊《たず》ねしたいのですが、椀が飲みこんだのは、金魚と出目金のみで間違いないでしょうか？」

「ええ」

「入れられたもの以外に、手を出すことはなかったんですね？　知らないあいだに、なにかが消えていたということもありませんでしたか？」

「ありませんよ」

「うちに預けにくる前は、どういった場所に椀を置いていましたか？」

「はじめは主人の私室です。その後、息子が水槽代わりに使いたいと言うので、離れの部屋に飾りました」

「そうですか。ところで、こちらでは、猫を飼っていますか？」

いきなりなんだ、という目をされたが、多恵子はよどみなく答えた。

「いいえ。うちでは文鳥を飼っていますので」

「じゃあ、猫を飼うのは、むずかしいですね……」

「ですが息子は、敷地に入りこんだ野良猫に、よく餌をあげていました」

多恵子はふと、恥じらうように視線を落とした。

気持ちを落ち着けるためか、後頭部でまとめている髪に、手をやる。

「あの子には伝えていませんが、何度か、猫が、知らないあいだに屋敷に入りこんで、籠《かご》のなかの文鳥を襲おうとしたことがあるのです。それもあって、猫とはいっしょには暮らせない、とあの子に言い聞かせているのですが……遅くにできた子ですから、私も主人も甘くなってしまうのです」

七生はわずかに、身を乗り出した。

「椀《わん》を飾っていた日にも、もしかして猫が敷地内にいませんでしたか？」

「どうでしょうか。……ああ、そうです、寒い日でしたから、息子が野良猫をかわいそうに思って、部屋に入れてしまったんだわ」

多恵子は疲れたように、ため息をつく。

「今回ばかりは、文鳥のこともあるので、わがままを聞くわけにいきません。ですが、いくらだめだと言っても、あの子は、私たちの目を盗んで猫に食べ物をあげてしまう。あまりに聞き分けがないので、捨ててきなさいと強めに叱ってしまったんです」

言葉を区切る多恵子のまなざしは、憂鬱《ゆううつ》に染まっている。

「息子はこう言い返してきました。『お父さんたちは、文鳥を三五〇〇円でお店から買ってきたんでしょう？　だったら、ぼくもおこづかいでこの猫を買うよ。何円、払えばいいの？』――私は、とっさになにも言えませんでした」

これは、話を聞くだけでも、胸にくる。

飼うと買うを、いっしょくたにしている。

「隣で話を聞いていた主人が代わりに答えました。命に値段はつけられない。するとあの子は不満そうに言いました。『でも金魚だって二五〇円で買えたじゃないか。お父さんたちがぼくを買ったときは、何円だった？　金魚よりも高かったの？』私も主人も、言葉を失いました」

会話自体のきわどさにも驚くが、七生はむしろ、息子の心情を想像して顔をひきつらせた。

彼女の息子はたしか、ご近所ネットワークによると、小学四年生だ。その年なら、自分の発言のおそろしさに気づいている。無邪気なふりをして、両親の心を揺さぶったのだ。それをたぶん、この夫婦もわかっている。

「──ああ、ごめんなさいね。余計な話をしてしまいました」

「いえ。お聞きできて、よかったです」

礼を述べると、多恵子は小声で言った。

「先日、義妹夫婦が猫の里親になってくれました」

「それは、よかった」

「息子は、ごめんなさい、と私たちに謝ってきました。謝らなければならないのは、私のほうです」

多恵子は、七生を通して、息子と向き合っていた。

「飼えないから捨てろ、と軽はずみに口にしてしまいました。息子は、その言葉のいやらしさに、腹を立てたんでしょう。我が子であっても、自分とはちがう一人の人間なのだという大事なことを、忘れていました」

◆◆◆

ことのは屋に戻ったのち、七生はまっすぐ倉庫に向かって、木箱から椀を出した。

居間に行き、テーブルに置いた椀に水を張る。

爪のさきで、こんこんと椀の外側を軽く叩《たた》く。

「おーい。聞いているか？」

もしかしたら、と思うことがある。

自分の考えが正しければ、こいつは、悪い椀じゃない。

「もう金魚と出目金、出してやっても大丈夫だぞ」

しばらく見守っていると、ぽこっと泡の音を立てて、椀のなかに金魚と出目金が出現した。

代わりに、椀の内側に描かれていた図が、消えている。

七生は、ちいさく笑った。

やっぱり、そうか。

「おまえ、食うつもりじゃなくて、歌川家に入り浸っていた猫から金魚たちを匿《かくま》っていたんだな？」

さいしょに、おかしいな、と感じたのは、内側に描かれていた金魚たちがゆるゆると泳いでいるように見えたときだ。

水を張ったときも、金魚たちの位置が動いているように見えた。

目の錯覚じゃなくて、実際に動いていたのだ。

とすると、金魚たちは生きている。

なぜ椀は、金魚たちを食うことなく、生きたまま閉じこめたのか。

その理由を考えていたら、昨夜の騒動が起きた。

金魚たちを閉じこめる以外、行動を起こさなかった椀が、猫姿の黒田にだけは攻撃をしかけてきた。

手を出されたから反撃したんだといえばそれまでなのだが、護身刀の村雨丸が反応するほどだ。明確な怒りと、攻撃の意思を感じる。

それで七生は、もしかしたらこの椀は、猫となにか因縁があるのか、とうたがったのだ。

「猫の脅威から、ほかのやつらを守ろうとしたんだよな？」

椀の外側には、梅の枝の図がある。

枝には、鳥がつきものだ。相性がいい。

椀はそういう意味で、もしかしたら、歌川家の文鳥を見守っていたのかもしれない。
でも、猫が襲おうとした。
椀は、猫を敵と判断した。だから金魚も、救おうとした。
ふしぎな気持ちになる。
歌川家の息子は、猫を守ろうとした。
多恵子は、その猫から文鳥を守ろうとした。
椀もまた、猫から金魚らを守ろうとした。
村雨丸は、椀から黒田を守ろうとした。
だれもがだれかを守り、守られている。
その思いが、ちょっとした騒動をひき起こす。
「俺は龍公だ。だから、あやかしを守ろう。うちの子になれ」
七生は、椀が気に入った。
もう一回、爪のさきで椀の外側を、軽く叩く。
こぽこぽ、と水から泡が浮き上がってきた。

◆◆◆

椀に保護されていた金魚と出目金は、歌川家に返すことにした。

通ったばかりの道をふたたび急いで進み、店に戻ってくると、黒田と緑と百重、全員に、据わった目で出迎えられた。

七生はすこし、おじけづいた。

「なんでレジ台のテーブルに椀が置かれているんだよ」

まっさきにつっかかってきたのは、緑だ。

「うん。いっしょに暮らすことになったからだな」

「はあ⁉」

緑は、信じがたい、という表情で七生を見る。

つぎに、眉《まゆ》をひそめた黒田が口を開いた。

「なんでもかんでも、懐にひきこむのはどうかと思いますが」

「いやあ、だってさ。こいつはまだうまく人に化けられないようなつくもなんだろ？　それならうちに置いて、しっかり教育したほうがいいじゃないか」

「龍公は放っておくと、みちばたの小石にも同情しかねませんね」

黒田は珍しくいやみを言った。

「この椀は、『あかしぐら』に入れるべきです」

「あかしぐら？　なにそれ」

七生が首をかしげると、黒田はしまったという顔をした。

彼らには、七生に隠していることが山ほどあるようだ。

「それって、なんだ？」

声に力をこめて訊《たず》ねると、黒田は観念したようにしぶしぶ説明してくれた。

「マヨイガの一種で、妖物として力不足な器物や動物を一時的に預ける場所です。人間でいうなら、警備がしっかりしているマンションでしょうか。殻《から》くれない東通《ひがしどお》りにその宿屋がありますよ」

「あったっけ？」

「目隠し宿です。意識しなければ、人間の目に映りません」

「へえ……」

「壊すのはだめというなら、そこへ椀を持っていきましょう」

「いや。うちの子にする」

黒田の視線が冷えた。

「なんでですか」

聞き分けのない子どもを咎《とが》めるような空気だ。

歌川家の息子も、いまの七生のような気持ちで両親の説教を聞いていたんだろうか。

だが、歌川家は歌川家、うちはうちだ。

黒田たちがほんとうは、なにを一番心配していたか、予想がついている。

「椀《わん》がいても、おまえたちを頼りにしているってところは変わらないよ」

全員、とたんに動揺する。

黒田も緑も百重も、こいつが悪い椀じゃないってことは、はじめから気づいていたにちがいない。

やけに壊したがったのは、むしろこいつが、いい椀だったからだ。

ほろりと、せつない思いが胸をよぎる。

黒田たちは、七生を信頼していない。

七生がそれに気づいていることを、黒田たちもまた、気づいている。

だから焦ったし、不安にもなった。

いい椀が来たら、居場所を奪われるかもしれない。

自分たちは捨てられるかもしれない。

――んなこと、しないのになあ。

あやかしは、あまのじゃくで、わがままだ。

人とはちがって、過激なところもある。

こわいところもある。

それから、さみしがりなのだろう。

「弟分ができたと思って、かわいがってやれよ」

七生は、すこしうれしくも感じている。

気難しい黒田が、焦りを抱く程度には、七生との暮らしを大事にしてくれているとわかったのだ。

「龍公は、なんでそんなに椀に甘いんだ！」

緑が、眉間《みけん》にふかいしわをよせて怒る。

「そりゃ龍公だから。俺って、おまえたちの父親みたいなもんじゃないか」

「調子に乗るな！」

胸をはったら、緑に、ぺしりと肩を叩かれた。

◆◆◆

余談だ。

その翌々日、多恵子からまたしても、「夫がぶきみな筆を買ってきたので、引き取ってほしい」という連絡が入った。

うちのあやかしたちの視線が、痛い。

第四話　ざあざあ、恋来い。

ある日、気づいたのだ。

「雨が、多い」

七生《ななお》は、ことのは屋の引き戸の前に立ち、しかめっ面で空を見上げた。

ぱっと傘を広げ、ショルダーバッグを抱え直してから、石畳の通りを歩く。バッグのなかには、野狐《やこ》の百重《ももえ》が入っている。

ちらりとのぞくと、うらめしげに見上げられた。

百重はこの扱いがたいそう不満らしいが、目的地につくまで出してやる気はない。

「姿を消す術を使うから、外に出ても平気だと言っているのに」

前脚を出そうとする百重を、視線で叱る。

「勘のいい子どもには、姿を見られるだろ」

店内なら、ぬいぐるみの真似をすればいい。

しかし、外はだめだ。

というより、七生がいやだ。

二十歳すぎた男が狐のぬいぐるみを肩に乗せて歩くなんて、端から見たらただの不審人物じゃないか。

「バッグんなかに入るのがいやなら、人の姿を取ればいいだろ」

「二足歩行は疲れる」

「じゃあ、留守番していればいいのに」

百重は聞こえないふりをした。しかたのないやつだ。

こいつは、七生が、まんじゅう屋で昼飯を取ると知り、強引についてきたのだ。

先月からまんじゅう屋で販売されている、黒豚の肉まんが食べたいらしい。

だったらそれをテイクアウトしてやる、と言えば、ため息を返される。

「できたてがうまいんだ」

わかっていないなあ龍公《りゅうこう》は、という視線までよこされた。

食い意地のはったあやかしである。

「にしてもさ、最近雨が多くないか？」

そろそろ本格的に雪が降る季節なのだ。

なのに、毎日毎日、ざあざあと雨が降る。

ただし、時間帯が決まっている。学生らの通学時、正午、午後十五時から十七時あたり。

夜間はなぜか、やむ。

「これも一種の天気雨とか？」

傘をずらし、空に視線を投げる。

ふしぎなことに、向こうの空は晴れているように見える。おかしな天気だ。

「天気雨って、狐の嫁入りとも言うんだっけ？　はは、そういえば百重、おまえも狐だったよな。まさかおまえが雨を降らせているとか、ないよな」

冗談のつもりだった。

しかし、バッグのなかのあやかしは、不自然に沈黙した。

「ははは……、おい」

低い声が自分の口から漏れた。

「ちがうよな？」

返事がない。

「こら、なんとか言え」

ここが往来であることを忘れ、七生は乱暴にバッグを揺らした。「ぐぇ」とつぶれた声が聞こえた。

「くるしい、龍公。むごいぞ、動物虐待ではないか？」

「こんなときだけ弱々しい声を出すなっつの」

バッグから片手で百重をつかみ上げる。

抵抗する気はないのか、百重はぬいぐるみのようにおとなしい。

「いったい、なにをたくらんでる。まさかまた俺を試すつもりで雨を降らせているのか？　それとも、椀を預かったことが許せなくて、ひそかにいやがらせをしているのか？」

答えないので、やや乱暴に揺らす。

そのとき、だれかが坂の上から、ちかづいてくる気配を感じた。

慌てて百重をバッグに戻そうとしたが、遅かった。その通行人と目が合った。

コンビニで売っている透明の傘をさした女子高生だ。

かわいい子だった。

正直、好みだった。背はちょっと高め。色白で、長い黒髪がよく似合っている。利口そうだけど、純粋な雰囲気も持っている。

そんなかわいい子が、あきらかに不審人物を見るような目を七生に向けてきた。

百重を片手にぶらさげて固まる七生の横を通るときも、大きく迂回《うかい》した。

「ナニコイツ、ぬいぐるみに話しかけてる。ヤバイ」という表情だった。

「あ、ちょっ、違……」

とっさに弁解しかけた瞬間、走って逃げられた。あっというまに彼女の背中が遠ざかる。

「……百重！」

七生は、八つ当たりした。

「ただでさえ地元で出会いがすくないんだからな。飲み会だってなあ、商店街のむさくるしい独身のやつらか年上のおっさんたちとしかやってないんだよ、どこで女の子と知り合えっていうんだよ！　ナンパスポットに行けっていうのか、でもな、都心とちがってこっちは車持ってないとまず話になんないんだよ！」

たましいのさけびだった。

七生は傘を落とすと、両手で百重を持ち上げ、その腹に顔を埋《うず》めて涙をこらえた。

出会いがない。

初恋の少女はすでに人妻だ。

「……引くわー、龍公。路上でなにやってんだよ」

ふいに声がかかった。

慌てて百重の腹から顔を上げると、青い傘をさした緑《みどり》が、変質者でも見るような顔をして目の前に立っていた。

女子高生にばかり意識を向けていたせいだろう、その後ろを緑が歩いていたことに気づかなかったようだ。

彼もそういえば、ここ最近、まんじゅう屋の肉まんにハマっている。

午後のシフトに入る前に、寄ってきたにちがいない。

「だれが見てるかわからないだろ、外では百重と話さないほうがいいんじゃないの？」

女子高生には蔑《さげす》みの目で見られ、従業員からは呆《あき》れた目で見られ、やるせないことこのうえない。七生は心をふかく、えぐられた。

「そもそもは百重が悪いんだ。連日の大雨は、もしかしたらこいつのしわざかもしれないんだよ。緑も叱ってやってくれ」

緑が急に真顔になり、指一本分、視線を落とす。

「おい、緑？」

ふと悟る。

緑の正体は、力を得た雨虎《あめふらし》のあやかしだ。

あめふらし、とはどんな生物なのか、七生は以前にネットで検索している。

その名前の通り、雨と関係があるらしき生き物だ。

うみうし、とも言うらしいが、いまはどうでもいい。

雨に関わる、あやかし。

「なあ、緑。まさかと思うが、おまえもグルなのか」

「そろそろ仕事の時間だから、店に戻る」

緑は勝手に話を打ち切ると、七生の横を足早にすり抜けようとした。

七生は、その腕をつかんで、ひきとめた。

「ちょっと顔を貸してもらおうか」

ガラ悪く迫ると、緑は頰をひきつらせた。

◆◆◆

「説明してもらうぞ」

まんじゅう屋――常磐《ときわ》あんず堂に到着し、席についたあと。

七生は、黒テーブルの向かいに座る緑を軽くにらんだ。

顔なじみの店員の青年が、七生たちの緊迫した空気におびえながらも、お茶を運んでくる。

悪いが、注文は話し合い後だ。その意味をこめて、青年に頭を下げる。

常磐あんず堂は、ことのは屋と似た古民家風の建物だ。

テーブル席は六つ。基本はまんじゅうや団子を取り扱っているのだが、焼きそばや肉まんなども売っている。メロンソーダもうまい。

コンビニやファミレスまで行くのが面倒なときは、ここで昼飯を取る。

今日は、七生たちのほかに一組の老夫婦しか客がいないようだ。

これなら、秘密の話もできる。

「単なる気まぐれで、連日雨を降らせているわけじゃないだろ？」

七生が語気荒く訊《たず》ねると、緑はテーブルに頬杖《ほおづえ》をついて視線をそらした。

「なんで俺や百重のしわざって言い切れるんだよ」

「じゃあだれのしわざだ？」

「気象庁に聞けば？」

「緑」

わかっているのだ、彼らはまだ人間を……七生を信じていない。

人間の味方ばかりするとうたがっているから、なにか問題が起きたとしても、素直にそれをおしえてはくれない。

いや、おしえられる前に、七生が気づかなければいけないのだ。

彼らには、心がある。

大雨を降らせたのだとしたら、そうしなければならなかった理由がある。

「おまえたちにはおまえたちの理屈や常識がある。だから、なんでもかんでもこまかく報告しろだなんて言わない。でも今回は、目をつむれない」

七生は、穏やかな声をこころがけて言う。

「このあいだ、月子《つきこ》が花代《はなよ》さんの家の周辺限定で、雪を降らせただろ」

バッグに入っている百重が、ひょっこりと顔を出す。

テーブル席は、背の低い格子の衝立《ついたて》で仕切られているので、老夫婦の視線を気にする必要はない。それでも念のため、声をひそめておく。

「いまはもうやめてくれたけど……」

百重の頭をなでながら、だんまりを決めこんでいる緑を見やる。

「あのときとおなじでさ、大多数の人間が目にするような異変を起こすのは、危険なんだよ」

ちらりと緑が視線を上げる。

「頭ごなしに叱ったりしないから、事情を聞かせてくれないか？」

辛抱強く待っていると、やっと緑は、話す気になったらしい。

「……店の売り上げのためだよ」

「売り上げのため？　どういうことだ」

緑は頬杖をつくのをやめて、ぼそぼそとしゃべる。

「このところ、店舗の売り上げが落ちてる。ネット販売のほうは調子がいいけど」

「それと大雨と、なんの関係がある？」

「人間って、雨宿りをするじゃないか」

「傘がなければな」

「桜《さくら》さんざか坂《さか》は、通学路だろ」

「まあな」

うなずいてから、仰天した。

「えっ？　もしかして、うちの店の売り上げを回復させるため、って意味なのか？」

うつむく緑と、なぜかそわそわしはじめた百重を交互に見る。

「わざとここの坂限定で雨を降らせて、下校途中の生徒をうちの店に雨宿りさせようと思ったのか？　そのついでに商品を買ってもらおうって？」

突拍子もない発想だ。

人間なら、まず考えない。

だが、彼らはあやかしなのだ。

客が店に寄ってくれないなら、寄らせるために雨を降らせればいいじゃないか——そんな結論に達したらしい。ある意味、単純明快だ。

しばらく言葉を失う。

咎《とが》められるとおそれているのか、緑も百重も顔を伏せ、じっとしている。

「……あー、その」

衝撃から立ち直ったが、すぐにはなにを言えばいいのか、わからなかった。

乾いた唇を舐《な》め、外へとかすかに息を逃がす。

「ごめん」

一言、謝ると、緑は弾《はじ》かれたように頭を上げた。

「俺が来てから、店舗の売り上げがさらに落ちているんだよな？」

「……べつに、そういうことじゃないけど」

「そうだぞ、龍公や。年々学生の数が減っているんだ。商店街のほうでも、客の維持に苦心している」

七生の責任ではない、と慰めてくれる程度には、受け入れられているらしい。

ちがう場面だったら、うれしくなったかもしれない。

いまは逆に、心苦しい。

名ばかりの店長だ。

七生はひそかに唇をかみしめる。

手段はともかく、彼らのほうが真剣に店の経営状態を考えてくれているじゃないか。

彼らに払う給料は、微々たる額だ。学生バイトに毛が生えた程度。

彼らはそれでかまわないという。

罪悪感を抱きながらも、七生はその言葉にほっとしていたのだ。

ふつうの人間ではなくあやかしだから、というずるい甘えが心のどこかにあったことは、否定できない。

「……すぐには売り上げを伸ばせないと思う。町の人口の問題もあるし。当面はネット販売頼りになるかな。でも、もうすこし、積極的にがんばってみるよ。ほら、裏町長の件もさ。人口を増やすっていうか……共存計画が成功して、おまえたちも住民票を持てるようになったら、町おこしにつながるもんな」

ちかいうちに、東野《あずまの》に連絡を取ってみようか。

慣れるまではあやかしたちの面倒を見るだけでいいらしいが、その状態にいつまでも甘んじていてはだめだ。

自分の鈍感さに項垂《うなだ》れたくなったが、七生はむりに笑った。

「雨は、もう降らせなくていい。やませてくれ」

緑の、なにか言いたげな視線を避けるように、メニュー表を手に取る。

「食べたばかりだろうけど、まだいけるだろ？　今日はおごる。百重も、好きなの注文しな」

◆◆◆

店を出ると、雨は上がっていた。

七生が頼んだからだろう。

結局、緑が降らせていたのか、百重が降らせていたのか、謎のままだが、追及する気力がない。

緑もいつになくおとなしいし、バッグのなかに戻った百重も無言でいる。

坂を下りる途中、七生は店内に傘を忘れてきたことに気づいた。

「悪い、緑。百重とさきに帰ってて。まんじゅう屋に傘を忘れてきた」

戸惑う緑にバッグを押しつけて、方向転換する。

ずんずんと坂を上がる。

あんず堂に戻り、引き戸を開けると、ちょうど外へ出ようとしていたらしい店員の青年と衝突しかけた。

「あっ、すみません」

青年は、慌てたように頭を下げた。

片手に、七生の傘が握られている。

彼のほうでも忘れ物に気づいて、七生を追いかけるつもりだったようだ。

「こちらこそすみません。俺の傘ですよね、それ」

礼を言って、青年から傘を受け取る。

用はすんだが、いまは緑たちと顔を合わせるのがつらい。

そこらを一周して、気持ちを落ち着かせてから戻ろう。

そう決めて、歩き出そうとしたときだった。

「あの！」

青年に呼びとめられた。

ちなみにこの青年の正体は、唐傘のあやかしだ。

人に化けるのが上手なモノたちのなかでも、彼は群を抜いてイケメンだった。

性格は温和で、人好き。七生に対しても友好的だ。

むかし、よくまんじゅうをおまけしてくれた。

「太一《たいち》くん、お勘定」

老夫婦の呼びかけに、唐傘青年――太一は「はい」と返事をした。

「ちょっと、なかで待っていてもらえますか」

七生に申し訳なさそうに言って、レジに戻る。

なにか話があるようだ。

七生は店内に戻り、ちかくのテーブル席に腰かけた。

老夫婦と軽い雑談をし、送り出したのち、太一が急いでこっちへ来る。

迷ったようにバックルームのほうを見やったが、決心した様子で七生の向かいに腰かけた。

店主らがバックルームにいるのだろう。

「さっき、緑くんたちと雨の話をしていたでしょう？」

太一は、おそるおそる話しはじめた。

お茶を運んできたときに、聞こえたのだろう。

内心、うかつだったと焦る。

月子と花代についてのあれこれは、小声で話したつもりだが、太一もあやかしだ。人間より耳がいいのかもしれない。

これからは外では話さないほうがいい、と頭の片隅で考える。

七生の顔色を見てなにかを感じたのか、彼は眉《まゆ》をさげた。

「話の内容を全部聞いたわけじゃないんです。ただ、雨という言葉を拾って、もしかしたら、と思って」

「……なにか、気になることでも？」

「ことのは屋さん、いえ、龍公は、ここ最近の大雨について、彼らに訊《たず》ねていたんじゃないですか？」

正解なのだが、どう答えていいものか。

「そうだとしたら、すみませんでした！」

「えっ⁉」

いきなり、がばっと頭を下げられた。

「な、なんで？」

「俺のせいです！ っていうか、俺のために緑くんが雨を降らせ続けていたんです！」

「ええっ？ 待って、うちの店の売り上げのためじゃなくて？」

「えっ？ 売り上げ？ あっ、俺の早とちり？ 大雨の原因について話していたんじゃやなかったんですか？」

「いや、そうだけど！」

「うわっ、そうですよね？」

「太一さんのためって……あー、うちの店じゃなくて、まんじゅう屋の売り上げのためってことか⁉」

「ちがいます、ってか、売り上げってなんの話ですか⁉」

「雨宿りさせて、売り上げ伸ばす作戦なんですよね？」

彼のうろたえっぷりにつられ、七生もあたふたした。

流されやすい自分に呆《あき》れてしまう。

しばらく、売り上げだの大雨だのと言い合ってから、七生たちはふいに黙りこんだ。

視線で、そっちからさきに説明してくれよ、とやり合う。

七生は自分が折れることにした。

「……その、太一さんは、唐傘のつくもがみなんですよね」

話を進める前に、一応確認しておく。

「はい。こう見えて、つくもがみのなかじゃあ古参なんですよ」

太一は胸をはった。

容姿だけで判断するならむしろ、いまどきの若者に見える。繊細な雰囲気を持つ緑をもっと、精悍《せいかん》にした感じ。

だが性格は、太一のほうが温和だろう。

じろじろと眺めていると、彼はほほえんだ。

「人に化けるの、うまいでしょう」

怒りを伝える声音じゃなかったが、七生はひやりとした。

器物のあやかしは、根底に、人に対するうらみがあるのだという。

気弱に見えても、本性はちがう。

自分で古参と誇るくらいだ、その年月分、人間の営みを見ているし、理解もしているにちがいない。

「あ、畏《かしこ》まらないでくださいよ。俺こそ緊張しているんですから」

「どうして？」

「店長さんは、龍公じゃないですか」

あたりまえと言わんばかりの口調だ。

「龍神《りゅうじん》の末裔《まつえい》にひとにらみされたら、俺たちはその瞬間変化の力を失いますよ」

「まさか」

目を合わせただけで相手を石に変えるメデューサじゃあるまいし。

そんな特殊な力は持っていない。

「じいちゃん……伊佐三《いさぞう》の孫だってことはたしかですけど、龍神の末裔って言われても、正直、ぴんとこないです。それなら神社にいる巫女《みこ》さんのほうが、よっぽどそれっぽいと思う」

本音を吐き出すと、彼は苦笑した。

「俺にぼやくくらいならいいですけどね。ほかのやつらには、それ、あまり聞かせないほうがいいですよ」

はっとする。

彼のやわらかい雰囲気のせいか、どうも口がすべってしまう。

「龍公をあなどるやつらが出てきかねません」

「そうですね、軽率でした」

緑たちにこの会話を聞かれていたら、大目玉をくらいそうだ。

「いや、でも俺たちは龍公が帰ってきてくれて、ほんとうにうれしいんですよ。緑くんたちもですって」

素直にはうなずけないが、そう言われると、悪い気はしない。

さすが古参、ヨイショもうまい。

「だから、今回の雨については、緑くんを叱らないでくれませんか」

「百重じゃなくて、緑が犯人なんですね」

「龍公」

太一は、しまったというように口を結んだ。

「ですが緑は、うちの店のために降らせた、と俺に説明したんです」

「ええと、さっきおっしゃっていた、売り上げを伸ばす作戦？」

「そうです。ことのは屋は、通学路にある。登下校中の生徒を雨宿りさせて、ついでに商品を買わせようという作戦なんだとか」

困惑している太一を見て、七生は顔には出さないが、落胆する。

なんだよ。

うちの店のためじゃなかったのか。

「あいつは嘘をついたんですね？」

「……俺が原因です」

「原因って？」

太一は、視線をあちこちにさまよわせた。

なんとかごまかせないだろうかという表情を浮かべていたが、やがて観念したらしい。

「恋を、しました」

はずかしそうに視線を落とす彼を、七生はさっき以上にじろじろと眺めた。

たぶん、奇妙な顔をしてしまったんだろう。太一は赤面した。

「恋？」

「はい、恋です」

おっと、予想外の返事だ。

一瞬、恋、の意味がわからなかった。恋愛ってことだよな、と心のなかで自分に確認する。

つくもがみも恋をするのか？　だれに？

「……うちの緑と、恋愛中ってことですか？」

「ちがいますよ！　俺も緑くんも男形です」

いや、実際の性別知らないし。

その言葉を七生は、吐き出す寸前で飲みこんだ。さすがに失礼だ。

「俺、惚《ほ》れっぽくてね」

彼は照れ隠しに、頬を片手でこすった。

「人間でいう、タラシだ、って仲間にもよく、からかわれるんですよ。百年前にも、それから五十年前にも人間の女にうつつを抜かしていただろって」

数十年単位かよ！

そうさけびそうになるのも、なんとか堪《こら》えた。

つくもたちの感覚では、五十年で心変わりしたら多情扱いになるのか。

人間の時間で考えると、五日ごとに心変わりをしているようなもん？

「恋の相手って、人間の女の子ですか」

「はい」

「でも、つくもがみって基本、人間をうらんでいるんじゃ」

七生は途中で言葉を切った。

余計な発言だった。

「うらんでいますねえ」

彼はあっさり認めた。

「そりゃ、うらみますよ。長いあいだ大事に使ってくれていたのに、ある日、煤払《すすはら》いだとか言って、ぽいと捨てられるんですから」

返事につまる。

いままで数えきれないほどのモノを捨ててきているが、『煤払い』という意味では、一度もない。

それは、むかしの人間の感覚だろう。

「ですがね、捨てられるまで、ぬくい手で触れられてきたことを覚えているんです。繰り返し触られていたら、ぬくもりがうつる。にぎやかな人の暮らしも、うらやましい。うごいて、笑って、泣いて。いいなあ。そう思うでしょ」

彼はうっとりとする。

「俺ね、一月くらい前だったか、急に、人に化けるの疲れちゃってね」

「なぜ?」

「いつまでこの姿でいられるのかな、と考えたらね」

彼はそう言って、一気に年老いたような目をした。

「もう十数年、この姿でいます。そろそろ限界かな。ほかの土地へ移らないと。人間の身体は年月とともに変化する。変わらなければ、ばけもの扱いだ」

「……そうですね」

「いくら人の真似がうまくても、人にはなれない。じゃあなんで人のふりをしているんだと思ったら、店の前で変化がとけちゃったんですよ」

「だれかに見つかりましたか」

「はい。女の子がちょうど通りかかったんです。といっても見られたのは、変化後の傘の状態です」

安心しろ、というように太一が笑う。

「彼女はいったん、通りすぎていきました。あの子の目には、ただ店の前に、最近じゃめずらしい古い和傘が倒れているってふうにしか見えませんからね」

「でも、なにかあった？」

「戻ってきたんですよ、彼女」

太一はやさしい表情をした。

老いさらばえたような瞳《ひとみ》が、今度は若者のようにかがやく。

「倒れている俺を、わざわざ戸に立てかけてくれたんですよね。そして、すぐに去っていきました」

「その子に、惚れたんですか」

「はい」

彼は、はにかんだ。

「わずか数秒の出来事です。でも、俺を立てかけてくれたときの、彼女のうごきを、覚えています。わしっと、つかまれましたから」

「……勇ましいですね」

「勇ましかったです。遠慮のないつかみ方でした。でも、きれいな子でした。屈《かが》んだときの、制服のスカートから飛び出ている白いひざや、長い黒髪を耳にかけるときの指の細さに、見惚《みと》れました」

「制服？　ってことは、女子高生？」

「女子高生ですね」

明るく笑う太一を見つめる。

「桜さんざか坂の上の高校に通っている子ですか」

「はい」

「もしかして、さっきも店に来ていませんでした？」

「来ていました。龍公が来店するすこし前に帰りましたけど」

やっぱり。

ここに来る前、すれ違った女子高生だ。

「注意して見ていると、彼女は晴れの日、自転車で登校することがわかりました。雨の日は、徒歩。学校帰り、うちの店に寄り道して、まんじゅうを買っていく」

「ああ、それで雨ですか」

納得した。

道理で、雨の降る時間が偏っていると思った。

登校時、それと昼、午後から夕方に、集中していたのだ。

「こんなことを緑くんにさせちゃいけないって、頭ではわかっているんです。ほかの子たちの迷惑にもなる。それでも、彼女がうちに来るのが、楽しみで。日曜以外で、七日連続、彼女が来てくれているんです。すみません」

七生は、わずかにためらった。

だが、雨を降らせた理由に悪意はなくとも、見逃すわけにはいかない。

「緑には、もう雨を降らせないように言い聞かせます。これ以上続けると、大事になりかねません」

「ですよね」

彼は残念そうにうなずいた。

太一自身も口にしていた通り、ほかの人間の迷惑になる。

「告白はしないんですか？」

落ちこむ太一を見ると、なんとかしてやりたい気分になった。

「人と、つくもですよ」

なにを言うんだ、という表情を返される。

「俺たちは、月日がすぎればすぎるほど、あやかしとして力を増す。人間は、ちがう。年を経るほど、老いていく」

「蟬でしょうか」

「はい？」

「あやかしにとっては、人間の命って、蟬みたいなものなのかなと」

「ああ、蟬だ。うん、そうです」

太一は嚙《か》みしめるように言った。

「だからですかね。うらんでいますが、恋しいです。いや、逆かなあ。恋しいが、うらめしい」

すぎ去った年月を見つめるように、太一は目を細める。

「ほんとうは、もっと純粋にうらみたい」

「そんなにですか」

「そんなにですよ。でも人間はあっさり死んでしまうから、かわいそうになるんです。せめて二百年くらい、生きてくれないかなあ」

純粋にうらめないから、命のはかなさがうらめしい。あやかしも、悩み多きイキモノだ。

「以前に恋した相手にも、告白はしなかったんですか」

「してませんね」

「してみませんか」

「いやだな、龍公。さっきも言ったが、人と、つくもですよ」

意外に、頑固だ。

否定されると、ぐいぐい攻めたくなる。

「俺は龍と人間の血が流れていますよ。人とつくもだって、結ばれてもいいでしょう」

虚をつかれたように、太一がまばたきをする。

「俺は完全には人じゃないみたいですが、なんの問題もないですよ。恋して結婚しても大丈夫、っていう生き証人じゃないですかね」

平静を装ったが、恋という言葉を大まじめに口にするのは、けっこう勇気がいる。

が、耐えねば。

「人の命の短さも、よければ、好きになってくれませんか。人も、つくもの命の長さも、好きになるから」

七生は内心、感動していた。

緑が、人に恋するつくもがみを陰ながら応援していたとは。

つっけんどんで、七生には厳しいが、やさしいやつなのだ。

嘘をつかれたさみしさが、いくぶんやわらいでいる。

太一はぽかんとしていたが、慌てたように首を横に振る。

「いや、むりですよ、はずかしい。俺は見ているだけでじゅうぶんです」

「ほんとうですか」

「はい。いままでもそうでしたし、これからもそうします」

かっこうつけんな、と思う。

見ているだけの恋の、どこが楽しいのか。

「じゃあ、彼女がこのさき、どこのだれだかわからない男と恋をして結婚してもいいんですね」

「龍公、ひどいことを言いますね」

七生は、彼を真正面から見つめる。

まんじゅう屋のあやかしは、看板娘ならぬ看板イケメン。

この桜さんざか坂で商売をしている人々の大半は、おそらく知っている。

まんじゅう屋をおとずれる若い女の子は、みな、彼狙いなのだと。

雨の日、何度も足を運ぶという少女だって、その可能性がある。

いくら和菓子好きでも、七日連続で買いにくるだろうか。

むしろ、雨だからと言い訳しつつイケメンの顔を毎日見にきている、と考えるほうが、七生としてはしっくりくる。

モテる男がいつまでも尻込《しりご》みしている姿を見ると、だんだん、いらっとくる。

だれが、『告白成功率はかなり高いぞ、フラれる心配はするな』なんて言ってやるものか。

でも、一度だけなら龍公権限で、背中を押してやってもいい。

「あと一回。明日もこの時間に、ざあざあ雨を降らせます。ですが、これきりです」

「なんで……」

「彼女は、明日も来るかもしれない。どうしますか」

「えっ」

「生きる長さはちがっても、いま、おなじ時間をいっしょに生きています」

七生は、席を立った。

「寄り添って生きるか、離れて生きるかで、毎日はかなり変わるんじゃないかな」

残酷なことを言っているだろうか。

彼女は単に、まんじゅうが好きなだけかもしれない。

たとえ告白が成功しても、『つくもがみ』まで受け入れてくれるとはかぎらない。ばけもの、と罵《ののし》られる可能性だってある。

でも、どれも、「もしも」の話だ。

もしも、の向こうにある未来は、つくもがみにだってわからないじゃないか。

◆◆◆

七生がゆっくりと歩いて、ことのは屋に戻ると、入り口の引き戸の前で緑がうろうろしていた。

七生に気づいて、あ、と目を丸くする。

その目の奥で、罪悪感がゆらゆらと揺れていた。

嘘をついたことを、後悔しているのだろう。

あやかしは、人をうらんでいるくせに、恋しいのだという。

緑なんか、七生をまだ龍公だと認めていないし、つくづく態度も悪い。身勝手な部分もたんまり持ち合わせている。

だが、憎めない。

人もやはり、あやかしに対して、似たような思いを持つようだ。

だったら、大いに恋をして結ばれるべきじゃないか。そして町の人口、増えろ。

「緑」

「なに」

「明日で最後だ。思い切って、雨、ざあざあ行け」

「……いいの？」

「いいぞ」

桜さんざか坂の住人にはあと一日、迷惑をかけてしまうが、許してほしい。

うまくいけば、たぶん、まんじゅう屋のしあわせな男が給料をつぎこんで、詫《わ》びの肉まんをみなに大盤振る舞いしてくれるだろう。

もちろん七生も、大雨計画の犯人の一味として協力することは、やぶさかじゃない。

第五話　飴雨、ふれふれ。

十六時には、まだなっていなかったと思う。

客が絶えたころ合いを見計らうように、大学時代の友人である桜井幸雄《さくらいゆきお》から電話がかかってきた。

さいしょのうちは、冗談を言い合って、会話を楽しんでいたはずなのだ。

だが。

「おまえは、いいよなあ」

どの言葉が引き金になったのか、電話の向こうの友人は、ふいにひやりとするような、とげとげしい声を聞かせた。

「いいって、なにが？」

「ほら、前の会社だってさ。バイト先にそのまま就職ってパターンだっただろ？　なんの苦労もしてないじゃん。ま、将来性とか給料面で考えたら、全然うらやましくないけど」

七生《ななお》は、うん、と気圧《けお》されるままうなずいた。

もっと感情的に罵られていたなら、こっちも強気で言い返せたかもしれない。

桜井の声は、冬の水のように冷えきっている。

「おまえの場合、コンビニのバイトだろうが日雇いの労働だろうが、おなじだもんな。田舎に店を持ってんだから、そりゃ好きなときに会社辞められるよな」

「……無責任なことはしてないよ」

退職届を出すまでほんとうに悩んだし、心を決めたあとは、ちゃんと新人社員に引き継ぎをした。

「無責任だろ。会社からしてみれば、一年たたずに退職されんだぜ」

七生は、口ごもった。

隣の丸椅子でいねむりをしていた百重《ももえ》が、ふしぎそうに七生を見上げる。

「こっちはさぁ、そっちみたいに毎日ゆるくないんだよね。はやく仕事決まんないと、さすがにきつい。でもさ、どんな会社でもかまわないとは思わないんだよ。自分に合ったとこ見つけたい。妥協して、社畜にさせられるのはごめんだわ。ボーナスとかよりも残業ないほうがいいし」

「そうか」

「だからいま、苦労してんの。ずっとがんばったことのないおまえとは、根本的にちがう」

七生は答えず、あちこちに視線をさまよわせた。

そこで、「おまえはいいよなあ」と言われるきっかけになった会話に、思い至る。

「マジで、疲れた。前の勤め先が合わなかったから辞めたんだ、いま就活中」「たいへんだな」「あーたいへんだよ。面接行っても、これって感覚にならなくて、無駄足多いしさ。眠くて、ぼんやりする」「大丈夫か？」「大丈夫だけど、ときどき考える。なにやってんの俺ー、人生とはー、とかな」「哲学入ってるな」「入る入る。かなりがんばってる自覚あるわ」「わかる、うちも店の経営で悩みっぱなしだよ。理想通りにいかないっていうか。俺ももっと、がんばらないと」「……え、おまえのどこが、がんばってんの」「え？」「ふつうに気楽じゃないか？　がんばらなくても自分の店あるじゃん。ただ売り上げ出せばいいだけで」

――そんな流れだった。

七生は、つかのま、息をとめた。

驚いてもいたし、素手で心臓をつかまれたような気持ちにもなっていた。

言葉を失っていると、桜井のほうも、急に黙りこんだ。

沈黙が落ちる。

身じろぎでもしたのか、かすかにノイズが聞こえてきた。

その音は、ぎくしゃくした空気を、いっそう強調した。

「――悪い。お客さんが来たから、これで」

嘘が、口から勝手に飛び出した。

「あ、そう。じゃあ」

桜井も、これさいわいという様子で応《こた》える。

たがいに、競うようにして通話を終わらせる。

七生はすこしのあいだ、手のなかのスマホを見下ろした。

画面はスリープモードに入り、真っ黒になっている。

隅にある石油ストーブだけでは店内をあたためきれず、寒いくらいなのに、画面には汗がついていた。

通話中、無意識にスマホをぎゅっと耳に押し当てていたせいだ。

それを見て、七生は心にどろどろとしたものが流れこんでくるのを感じた。

スマホを乱暴に自分のセーターにこすりつけ、汚れを拭《ふ》き取る。

ついでに、こめかみや額も手のひらでぬぐった。

いまの会話は、なんだったんだろう。

急に酸素が減ったみたいに、息苦しい。

心臓の音も普段より、はやくなっているようだ。

怒鳴ってはいなかったが、桜井は確実に、七生を責めていた。

楽をしているおまえといっしょにするなよ、という突き放した感情が、彼の声にこめられていた。

おまえはずるいやつだ、と咎《とが》めているようにも聞こえた。そういうニュアンスだった。

ちがう人生を歩んでいるのだから、とうぜん、自分と桜井が経験する苦労だってちがう。

自分だって毎日遊び暮らしているわけじゃない。

気心の知れた友人だろうと、そこを一方的に批判するのはおかしくないか。

頭ではそうわかっていたのに、現実には、ろくに言い返せていない。

七生は、スマホをレジ台のテーブルに置くと、鼻の付根を指先で揉《も》んだ。

桜井は、大学生時代に、もっとも親しくしていた友人だ。

あいつが付き合った彼女の数も知っている。飲み会でも、狙っていた女の子をお持ち帰りできるかもしれないチャンスを捨てて、ダウンしたあいつの世話をしてやったこともある。その逆も。

帰郷すると決めたとき、お別れ会と称した馬鹿騒ぎを計画してくれたのも、桜井だ。

彼は七生とちがい、多趣味な男で、マニアの道を行くやつらとも交流があった。トイレットペーパーの芯《しん》で城の模型を作るやつ、戦国図鑑というお手製の偉人ブックを数百冊作ったやつ、有名な料理人がレシピを教えてくれと頼みにくるほどのうまいカレーを作るやつ。桜井の世界は、七生よりもずっと広い。

だから、ひさしぶりの電話が、うれしかった。

もっと話がはずむはずだったのだ。

それなのになぜ、喧嘩《けんか》別れしたあとのような虚脱感に襲われるのだろう。

「七生、客だぞ」

心配そうに尾を揺らしていた百重が、ふいに小声で言った。

いらっしゃいませ、と七生は反射的に声を上げ、丸椅子から立ち上がった。引き戸を開ける音にも気づかないほど、ぼうっとしていたようだ。

やってきたのは、常連客の滝《たき》という男だ。四十代の独身貴族。コートもマフラーも黒。死神みたいに顔色が悪く、気難しそうに見えるが、実際の性格はおおらかで、社交的。日曜の朝は、桜《さくら》さんざか坂《さか》をランニングしている。

「やあ、店長さん。予約していた筆が入荷したって聞いたけど」

彼がレジのテーブルにちかづいてくると、百重はすぐさま丸くなり、ぬいぐるみの振りをした。

「はい、先日問屋が持ってきましたよ」

レジの後ろに置いている大型の棚から、細長い木箱を取り出す。

滝は、書道家だ。

殻《から》くれない東通《ひがしどお》りで、書道教室を開いている。

七生同様、彼も凱旋《がいせん》組だという。

六年前にこの町に戻ってきたと聞いている。

「あと、生徒さん用の筆がほしいな」

「安価の筆も、先週のうちに多めに仕入れていますよ」

一本ずつ袋づめされている筆も、棚からごそっと持ってくる。

「木軸の色がカラフルですので、子どもの生徒さん用にどうですか」

「ああ、いいね。それを一セットお願いしようかな」

接客をしながらも、頭のなかでは、さっきの桜井の声がリピートされ続けている。

おまえのどこが、がんばってんの。

ふつうに気楽じゃないか。

気が、そぞろだったのだ。

◆◆◆

二十時ころだろうか。

「店長さぁん!!」

顔中を墨だらけにした滝が、悲鳴のような声を上げて店に飛びこんできた。

その日、七生は商品整理のため、遅い時間まで店につめていた。

入り口の引き戸に鍵《かぎ》をかけるのを、忘れていた。

だから、服や髪だけじゃなくて、顔も真っ黒にした滝が突進してきたとき、のけぞるほど驚いた。

悪いあやかしが襲いにきたのかと思ったくらいだ。

「でっ、出た、出たよ、筆が化けた、筆の幽霊が出たんだよ!!」

両手で肩をつかまれ、激しく揺さぶられる。

七生は、蒼白《そうはく》になった。

筆の幽霊?

「龍公《りゅうこう》、いまの声は⁉」

ばたばたと階段を下りる音と、焦りのまじった声が同時に聞こえた。

百重を抱えた緑《みどり》が棚の後ろから姿をあらわす。

風呂《ふろ》上がりなのか、緑の髪は濡《ぬ》れていた。百重の毛もぺったりしている。

彼らは、滝の顔を見て、ぎょっとした。

◆◆◆

滝の話を詳しく聞いたのち、七生と緑は書道教室へ急いだ。

低い石塀に囲まれた、風情ある日本家屋だ。

自宅の一部を、教室にしているという。

おびえている滝の相手は、緑のあとに階段を下りてきた黒田《くろだ》にまかせた。

滝は、慌てて家から飛び出してきたという。施錠はしていない。

七生たちは、石塀続きの門を通ると、庭へまわり、縁側から、教室として使われている部屋に入った。

ガラス戸も開けっ放し、照明もつけっ放しだった。

室内を見て、七生たちはしばらく無言になった。

床の間や奥の障子、押し入れの襖《ふすま》に、墨が飛び散っている。

これが赤い色なら、惨劇の殺人現場だ。

畳の床には、大判の和紙が散乱している。

その上で、太筆がくるくると楽しげにダンスをしていた。赤茶の木軸に、丸い目玉がついていた。

見覚えのある筆だ。

木軸の長さはおよそ二十五センチ。穂にはたぬきの毛。

「あいつ、山水《さんすい》じゃないか」

緑が呆然《ぼうぜん》とつぶやく。

七生は、頭を抱えたくなった。

あれは、このあいだ多恵子《たえこ》から渡された、筆のつくもがみだ。

◆◆◆

「――だから、あいつを『あかしぐら』に預けるべきだったんだ」

我に返った緑が、むんずと筆のつくもがみ「山水」をつかまえ、紐《ひも》でしばって動きをふうじる。

その後、七生たちは、ぞうきんで畳の墨をふき取る作業をした。

襖や障子は、どうこうできる状態じゃない。取り替えが必要だ。

「山水は、つくもとして目覚めたばかり。龍公じゃ躾《しつ》けられない」

緑は、バケツの上でぞうきんをしぼりながら、淡々とした口調で言う。

かなり怒っている。

七生は、ごめん、と力なく謝った。

今回の件は完全に、自分が悪い。

友人の桜井との電話後、棚で眠っていた山水に気づかず、ほかの筆といっしょに滝に売ってしまったのだ。

気がそぞろだったせい、なんて言い訳にもならない。

商売人としても、裏町長としても、許されない失敗だ。

「しっかりしてくれよ」

緑が、低い声で責める。

「龍公は、仮に店を畳むことになったとしても、かまわないのかもしれない。また上京して働きに出ればいい。町おこしだって、そこまで真剣になることじゃないのかもしれない。人間だから、住む場所には困らない。共存計画も、頓挫《とんざ》したって人間側にはいまのところ、大きな痛手にはならない。気楽にあやまちをおかせる」

「緑」

「でも俺たちは、ちがうんだ。もしも店がなくなり、町から追い出されたら。つぎはどこで暮らせばいい？」

しぼり出すような声だった。

「俺や黒田は、中途半端な存在なんだよ。道理を知ったせいで、野の動物のように本能で生きることはもうむずかしい。かといって、名のある神々にお仕えできるほど神格は高くない。避難場所の神社は、迷い子と化したあやかしのたまり場に成り果てている。『あかしぐら』は、こういう幼いあやかしたちのための場所だ。もう、住処《すみか》がない。すさみ続ければ、まがり物……災いをもたらすモノになってしまう」

彼は黒く汚れたぞうきんを、バケツのふちにかけた。

暗い瞳《ひとみ》をこっちに向ける。

「息も絶え絶えでさまよっていたところを、伊佐三《いさぞう》様に拾われたんだ。さいしょは百重、そのつぎに俺。最後に黒田。伊佐三様には大きな恩がある。だから孫の龍公にも、したがう。もしも店がなくなって、また行き場を失っても、俺たちは龍公を祟《たた》ったりはしないさ」

彼はバケツの取っ手を持って、立ち上がった。

「でも、くるしいことには、ちがいない」

なにか答えなくてはと思うのに、声が出ない。

「ここに伊佐三様がいてくれたら。——水を換えてくる」

緑は、部屋を出ていった。

七生は、ぞうきんをにぎりしめる。じゅわっと、墨を吸いこんだ水が浮き上がって、手首をつたう。

そんなに、気楽じゃない。

これでも毎日、けっこう必死なんだ。

だが他人からそう見えないってことは、ちがうんだろうか。

世の中に、たいへんな苦労をしている人は数えきれないくらい、いる。いちいち比べていたら、きりがない。

苦労をしたほうが、のちにしあわせになれる、という保証もない。

いや、そういう話じゃないのか。

苦労の程度が問題なんじゃなくて、片手間だろうがそうじゃなかろうが、とにかくあやまちをおかすなってことか。

七生は、頭を振り、ふかく息を吐いた。

いつになく気持ちがささくれだっているのがわかった。

◆◆◆

気まずい帰り道。

部屋をかたづけてから外に出れば、夜が濃さを増していた。

白い息がはっきりと見える。

夏は短く、あっというまに秋が来て、冬がおとずれる。

おとずれる、という表現ではやさしすぎるか。どっと押し寄せてくるのだ。

風の冷たさに気づいたら、つぎは雪。

たっぷりと降る。一晩で、垣根に届くほど積もることもある。

上京する最後の冬、スノーダンプが壊れたんだった。七生は、大気に溶ける白い息を見て、思い出した。

もうとっくに買い直しているだろう。

伊佐三は、彼らといっしょに雪かきをしたんだろうか。

たぶん、緑たちは伊佐三にはやらせなかったにちがいない。

そんな気がした。

でも今年の彼らは、いやいや雪かきをしそうだ。そこに、伊佐三の姿がないから。


滝は一晩、ことのは屋に泊まることになった。

翌朝、彼とともに店を出て、書道教室へ向かう予定だったが、思わぬ来客があった。

やってきたのは、かまきりみたいな顔をした、総務局秘書部の東野《あずまの》だ。

滝にはすこし待ってもらうことにして、東野を居間に通す。

そのあいだに百重が、山水を『あかしぐら』に連れていくというので、許可する。

黒田がお茶の用意をして、居間から出ていった。

「近況をうかがいに来たんですが、なんだかお通夜のような空気ですね」

東野が興味深そうに七生を見て、お茶をすする。

「ちょっと昨日、いろいろありまして」

「あやかしがらみで、ですか？」

軽い口調だが、その目は真剣だ。

隠してもいいことはない。

「彼らに問題はありません。俺がさわぎをひき起こしてしまったんです」

「どういったさわぎですか」

「あやかしの筆を、お客さんに間違って売ってしまいました。その後、筆が暴れたそうで、お客さん……滝という常連さんが店に飛びこんできました」

「はあ。なるほど」

東野は、また一口、お茶をすする。

「幸運でしたねえ」

「え、なにが？」

「あやかしに免疫のない人間を巻きこんでの騒動は、本来なら減点対象なんですよ」

「減点？」

「世論って、こわいですから」

なんの話だ。

「合併計画を推し進めたい役員たちに、人口の減少が原因で住民へのサービス体制が徹底できていない、だから問題が起きるんだと、そう糾弾されかねませんよ。私もそのあたりは、公平でいなきゃいけない立場なので、隠蔽《いんぺい》はできません。報告の義務があります」

七生は息を呑《の》んだ。

平然としている東野を見る。

「滝、とは書道家の滝名月《めいげつ》さんのことでしょう？」

「はい」

「いずれ彼にも事情を説明して、私どもの町づくり計画に協力してもらうつもりでした」

「なぜ滝さんに？」

「彼は文化人枠です。地元密着型の書道教室のほか、全国の企業とも契約してますからね。ほら、お菓子の袋のロゴデザインとか、本の装丁とかね。墨字アートのパフォーマンスも行っているそうです」

すこし驚く。そういう仕事もしているのか。

「文化人や著名人を味方につけると、強いですよぉ」

「はあ」

「予算、もぎとるのに一役買ってくれますからねえ」

なんにせよ、あやかしの存在を知ってしまった滝を説得する必要がある。黒田が昨夜のうちに説明をしていたようだが、どうなっただろう。

滝とはまだ話ができていないが、今朝は落ち着いていたように見える。

黒田たちをおそれるそぶりも、なかった。

「というわけでね、赤城《あかぎ》さんもそろそろ、こちらの暮らしに慣れてきたでしょう」

「はい」

「地方合併吸収協議会が提案した合併特例措置法案に対抗するためにも、今後は定期報告書を作成していただくことになります。いまの時代にどうかと思うんですが、電子データ化はせず、書類での提出をお願いしますね」

東野はなめらかな口調で言うと、古ぼけた黒い革の鞄《かばん》から、分厚いファイルを取り出した。

「これね。毎月提出していただくことになります。説明書が一枚目にありますので、作成の仕方はそちらをご参照くださいね。郵送用の封筒もファイル内に入っています。わからないことがありましたら、いつでも私に連絡をください」

「は、はい」

七生は慌てながら、ファイルを受け取る。ずしっとくるほど重い。

困った末、そのファイルはテーブルの隅に置いた。

「こちらの報告書はまず、私と町長が目を通します。その後に第二次龍神町《りゅうじんちょう》再生まちづくり総合計画推進委員会、すなわち地方特殊支援自治組織へ提出、その後、役所でも確認し、最終的に総務省へ届けます」

「はい」

「手続きが多くてね、まだるっこしいでしょう。ま、要するに町役場は自治組織の分所であり、委員会の窓口ってことですね。このあいだお越しいただいた文化センターに『自立化応援分室』が設置されています。人員を揃えているところです」

前も思ったが、予想以上に大事だ。

「地域振興は、住民全員の悲願ですからね。とはいえ、そう硬くならなくても大丈夫ですよ。みなでやれることをやり、協力していけばいいんです」

「はい。ありがとうございます」

「町おこし案がもっと具体化してきたら、赤城さんにも手伝ってもらうことになります」

「どんなことでしょうか」

「たとえばこの冬なら、氷祭り、ありますよね。そういう大規模な季節の行事に、なにか色をつけて、ほかの地区から旅行客を呼びこむわけです。伝統文化の復活もいいですね。あとは、福祉の充実化。これは長期的な目で見ると、強力なアピールポイントになります」

東野は、指先でテーブルをこつこつと鳴らした。

「このあたりについても、近いうちにデータをまとめて持ってきますから」

「はい」

「緊張しないでください。むずかしいことなんて、ないんですよ。『生きやすい町、住みたくなる町』にするにはどうすればいいか。たったこれだけなんです」

それが一番むずかしいのでは、と思ったが、七生はうなずいた。

「町長を支えてくださいね」

ファイルと東野を交互に見る。

「その、町長は、復興計画、というか、あやかし関連の問題を俺にまかせっきりにするのかと思っていました」

ははは、と東野が笑う。

「そう見えますよねえ」

俺も笑っていいのか？

「いや、あの人、ここだけの話ね、死ぬほどこわがりなんですよ」

彼は、百重のように、にんまりした。

「あなたが帰郷されたときもね、『おい、龍《りゅう》の末裔《まつえい》ってどういうことだ。妖怪《ようかい》のボスなのか』と青ざめていました。多忙の身であるのは事実ですが、正直に言えば、あなたと会うのはもうすこしあとがいいと懇願されたんです」

「懇願？」

「ええ、見事な懇願。涙目でしたよ。すみませんね、小心者の町長で」

「ボスって、いや、そんな。えっ、俺ってもしかして、こわがられていた？」

「いましたね。陰陽師《おんみょうじ》を探してくれ、とか本気で言われましたし」

　嘘だろ、と真顔でつぶやいてしまった。

「ですのでね、当分のあいだ、あなたにまかせたいっていう思いがあったのは、否定できませんね」

「そうですか」

「しかし町長選に出馬されたのは、あれでも本気で町の復興を考えていたからなんですよ」

「ほんとうですか」

「ええ。町長は、元劇団俳優です。脇役でならけっこう有名なドラマにも出ていました。こういっちゃなんですが、文化人や著名人って当選しやすいんですよね」

「あ、はい」

「名が売れているってことは、それだけ支援者も多くつく。政治はとにかく、一に金、二に金、三に金、四に機転、五に狡賢《ずるがしこ》さです。大金が、人脈と力を作るのです」

言い切ったぞ、この秘書。

「金を積めば、田舎町なら、まあ当選しますよ。組織票で」

「ぶっちゃけていいんですか、それ」

「事実ですから」

さらりと言った。

「それでたいていは、支援者の操り人形となるわけです」

だれかこの秘書、とめろ。

「ですがうちの町長、いい意味で小賢《こざか》しいですので、ご安心ください」

マジでいいのか、小賢しいとまで言って。

「私はこの町の出身です。町長はべつの地域の者ですが、故郷はすでにありません。子どものころに合併されたのです」

「町長も？」

「はい。腹黒く、こわがりな方ですが、町をよみがえらせたいという情熱は本物です。ですが町を守るには、若い人の助けがいる、その代表があなたです」

よろしくお願いします、と東野は丁寧に頭をさげた。

◆◆◆

東野が帰ったのち、七生は滝を書道教室まで送ることにした。

道中、しばらく無言だったが、やがて滝がちいさく笑った。

七生が視線を向けると、彼はおだやかな表情を浮かべた。

「いや。昨日はとんだ醜態を」

「とんでもないです。俺の責任です。部屋の襖《ふすま》や障子は、うちで弁償します」

「昨夜、黒田くんにも言われたけれど、それは必要ないよ」

「いえ。ほんとうにすみませんでした」

「謝罪は昨夜にも受けていますよ、顔を上げてください」

滝は笑った。

「驚きましたが、なんだかうれしくなったんですよ」

「うれしい？」

「これでも、物は大事に扱っているつもりです。とくに筆は、仕事道具です。昨夜は、自分の想いがとうとう筆に宿って、うごきはじめたのかと、興奮しました」

七生は目を見張った。

「あやかしが、おそろしくはありませんでしたか?」

「実在すること自体、まだうまく飲みこめていない、というのが正直な気持ちですね」

「そうですね」

「店長さんは、おそろしいのですか」

「おそろしいときもありますが」

「黒田くんから聞きました。店長さんは、あやかしのまとめ役だと」

「はい」

「もしかして、その立場がおそろしい?」

今回の件だけで落ちこんでいるわけじゃない、と滝はなんとなく察したらしい。

親しい相手ではないからこそ、七生は素直に本音をこぼすことができる。

「おそろしいと思うのは、自分では必死なつもりなのに、だれの目にも気楽にしか見えていないことです。人の目にも、あやかしの目にも」

滝は、首をかしげた。

「そうじゃない、って言い返したいんですが、言えません。言えないってことは、やっぱりみなが正しいのかなと」

要領を得ない話だろう。

滝は顎《あご》に手をあてて、黙りこんだ。

やがて、歩調を遅くする。

真剣な空気を感じた。

「私は文字を扱う仕事をしています。たとえば、ある夫婦から、子どもの未来を祝福する言葉を書いてほしいと依頼が来る。企業からは、事業の成功を約束する言葉をと。ですので私は、言葉に力をこめて書きます。一筆一筆、全身全霊で力をそそぎます」

坂の向こうを見ながら、滝は話を続ける。

「言葉は、呪いです。日本はとくに、言霊《ことだま》信仰がありますね。現代においてもその文化は根強く残っている。受験のときとか、冠婚葬祭とか、言ってはいけない言葉があるでしょう」

「はい、たしかに」

「思うに、人間よりも、あやかしのほうが、言霊の威力に左右されるのではないでしょうか。つくもがみは、人が作った器物が変化した存在だといいます。より人に影響されやすいように思います。というのも、私は昨夜、和紙に、『喜び』という文字を書いていました。すると筆が、その喜びという字を体現するように、とつぜん躍り出したのです」

昨夜の光景を、七生も思い出す。

筆は、楽しそうにダンスをしていた。

「なので、もしも、壊れろ、消えろ、とあなたが彼らに強く命じたら、ほんとうにそうなるかもしれない」

「言いません」

七生はおののいた。

それを見て、滝が笑う。

「ですが、言葉を飲みこみすぎても、よくない。あなたの言葉で、伝えるべきことは、しっかり伝えないと。人にも、あやかしにも」

後ろ向きな気持ちで聞いていると、滝は背中を押すように、滑舌よく言った。

「黒田さんたちも、あなたになにか言いたがっているようでしたよ」

「うちの従業員が？」

「あの、緑くんという子は、ずっと心配そうにあなたを見ていました」

気づかなかった。

「いや、その、俺が頼りないので、彼にはきらわれています」

「きらう相手を、あんなに心配そうには見ませんよ。——着きましたので、ここで。見送りありがとうございました」

話をするうちに、彼の自宅が見えてきた。

頭を下げ合ってから、七生はゆっくりと来た道を引き返す。

ぼんやりと、コートの上から腹をさする。

腹のなかに、言葉があるのか。

頭のなかに、言葉があるのか。

それとも、心から自然とあふれ出るのが、言葉だろうか。

桜井や緑に、なぜ言い返せなかったのかを考える。

たぶん、自分を否定されるのがおそろしかったからだ。

彼らには、七生が楽なほうへふらふらと流されているように見えたのだろう。

町に戻ってきたのも、店を継いだのも、自分の意思ではなくて、だれかに言われるままだと。

でも、ちがう。そういう部分もあるけれど、全部じゃない。

たしかに、自分は気楽な人間だ。

気楽に、必死なのだ。

最後はしっかりと、自分で決めた。

町に戻ることも、会社をやめて店を継ぐことも。

望んでその道を選んだのだと、彼らに言葉を伝えていない。

帰ったら、あやかしたちに伝えよう。

電話もしよう。

七生は、そう意気込み、道を歩く。

知らず、顔が前を向いた。

町は冬支度に入っている。

木々の葉は、落ちた。雪を受けとめるために、落ちていった。

夜になれば、この坂にならぶ家屋の窓に、あたたかなあかりが灯《とも》る。

祭り提灯《ちょうちん》のように、街灯もあかあかと、かがやく。

あっちの店にも、こっちの店にも、なつかしい思い出がある。これからまた、新しい思い出が増えていくだろう。

途中で、飴《あめ》屋に寄る。

これは緑や百重たちへの、お詫《わ》びの品だ。

祖父の伊佐三がいつもポケットに入れていたのは、ここの飴だ。
これからは、自分がポケットに入れねば。
レジ台のテーブルに置いている飴の瓶にも、補充しないと。
大量に買いこんで、店を出る。
急に雨が降ってきた。
飴を買ったあとに、雨とか。
苦笑しながら、走る。
ところが——。
「嘘だろ、またかよ！」
七生は、さけんだ。
走っても走っても、ことのは屋に、たどりつかない。
その上、どしゃぶりになってきた。横殴りだ。顔にあたって、痛いほど。
そうか、おまえら、そんなに不安か。
捨てるのか、捨てないのか、不安になると人を試すのか。
つぎはきっと百鬼夜行が始まるぞ、と警戒する。
七生は、あやかしたちに追われる前にと、言葉を口にした。

「捨てないって、言ってんだろ！」

雨音に、言葉が掻《か》き消される。

だから、さらに声を張り上げる。

「ここは、おまえたちの町だ！　俺の町だ‼」

雨のいきおいが、さらに強まる。

前が見えない。

「あー、もう！　好きなだけ試せよ！　何度でも言ってやる、ここは、おまえたちの居場所だ！　自由に生きろ‼」

その瞬間、いきなりなにかに、足払いをかけられた。

七生は、その場に転がった。

飴の袋を落とさなかったことは、奇跡だ。

ちくしょう、だれが足払いしたんだ。

腹を立てて振り向き、愕然《がくぜん》とする。

あれ、なにか、いままでの百鬼夜行とちがう？

暗い。寒々しい。

姿がはっきりしない。異形の影の群れがそこにぼうっと見えるだけだ。

「龍公は、人にあやかしを売った」

うらみをつのらせた声が響いた。

「龍公は、筆を捨てた」

「われらをあなどる惣領《そうりょう》だ」

地面に座ったまま後ずさりしながら、異形の群れを見つめる。

一番ちかくにいた、ちいさな影に気づく。

細長い。長さは二十五センチ前後。

この形は、筆の山水か？

「そんな非道な惣領はいらん」

「しかし、龍の血はほしい」

「格が上がる」

群れは、ささやき、蠢《うごめ》く。

おい待て、試すつもりじゃなくて、本気で命を狙われているんじゃないか？

七生は顔をひきつらせ、すばやく立ち上がった。逃げないと。

雨に濡《ぬ》れて重たくなったコートは、走りながら脱ぎ捨てる。

「いって！」

臑《すね》に、びりっとした衝撃が走った。
軽くよろめいたが、足をとめずに走る。
なにかするどい刃物で、臑を切られた気がする。
ぞわっと肌が粟立《あわだ》つ。
前に百鬼夜行をやったやつらとは、べつのモノたちだ。
あいつらは脅すだけで、手を出してこなかったのだ。
今回のやつらは、悪いあやかしだ。
歯を食いしばる。
もしもあの細長い影が山水なら、七生に責任がある。
不注意で、売ってしまった。
売られた、捨てられた、と思わせてしまった。
あやかしたちには、傷つく心がある。
「!」
横から、ぱちっと水をかけられた。
雨のしずくを飛ばしてきたのは、真横に浮く山水の影だった。
しずくが目のなかに入り、七生はまたよろめいた。

そのとき、肩をひゅっと切られた。

よろめいていなければ、もっと深く切られていたかもしれない。

寒気に襲われる。

とまらずに走れば、今度は、ぺちっと首筋を筆のさきで叩《たた》かれる。七生は、身をすくめた。そこでまた、刃《やいば》のようなものが、耳をかすめた。

つぎは、木軸で頬をつっつかれる。身をよじったとき、鎌のように鋭利な影が、顔の横に振り下ろされた。

それで、気づいた。

筆の影は、七生を攻撃しているんじゃない。

ほかの攻撃から守ろうとしている。

七生は、振り向きざまに筆の影をつかんだ。

触れた瞬間、影はむわむわと消え、赤茶の木軸の太筆があらわれる。

やっぱり山水だ。

わしづかみにされて驚いたのか、ひとつきりの目玉がくるくると、まわっていた。

「おまえを捨ててないんだ。でも、ごめんな」

こわくて、悲しかったただろう。

うらめしく思ったにちがいない。

その気持ちを救ったのが、きっと滝だ。喜びという美しい文字を、山水に与えてくれた。

だからいま、滝への恩を返すためにも、七生を助けた。

肘《ひじ》にびりりと痛みが走る。

ふたたび後ろから切りつけられたようだ。

今度は深くいった気がする。

足元も、なんだかぬかるんできた。走る速度が落ちる。

後ろのやつらに捕らわれた瞬間、身体をばらばらにされるんじゃないだろうか。

心臓が冷えたとき、びゅうと前方から冷たい風がふきつけてきた。

「！」

こういう風が吹くときは、雪が降る。

頭の片隅でそう考えた直後、頬を白いものが撫《な》でた。

ほんとうに雪が落ちてきたのだ。

強風が、雪を礫《つぶて》に変える。

なんだ、なんだ。

七生は目をまわしそうになった。

前方からは雪が吹きつけ、後方からは横殴りの雨。
雪と雨の合戦だ。
立ちどまりそうになったが、慌てて足をうごかす。
「落ちるなよ」
山水に声をかける。聞こえたのか、もがいていた山水が、おとなしくなった。
走り通してやる、と七生は意地になった。
悪いやつらにつかまる気はない。
なんだっけ、小椋啓介《おぐらけいすけ》が持っていた新聞の見出しは。
あきらめるな、駆け抜けろ、だったか。そんな心境だ。
雪が、襟のすきまから入りこみ、ぞくっとさせる。
背後から、手の形をしたあやかしの影が伸びてきて、切られた肘を強い力でにぎった。
七生は乱暴に振り払った。つんのめりながらも、前に進む。
山水と飴の袋を抱えこみ、濡れた顔を腕で拭《ぬぐ》ったとき、急に雨がやんだ。
いや、なにかに遮られた。
目を開けると、紅の唐傘が視界いっぱいに広がっている。
「はっ？　傘？　これって太一《たいち》さんか？」

素っ頓狂《とんきょう》な声を上げて、柄をにぎれば、今度は、身体が軽く宙に浮く。

正確には、足のあいだにむっくりとしたけむくじゃらの物体がもぐりこみ、強制的にそいつの背に座らせられる。

「うわっ！　ってておまえ！」

緑の毛色のでかい虎だった。

口には一振りの古い刀。村雨丸《むらさめまる》だ。

「緑だよな⁉」

うるさいなあ、と言いたげに振り向かれた。

「ちょ、ちょっと待て、心の準備が……ぎゃあああっ」

いつかの啓介のように、七生は情けない悲鳴を上げた。

緑がいきおいをつけて、高く跳躍したのだ。

背後のあやかしたちも、逃がすまいというように、どっと追いかけてくる。

緑がジャンプと着地を繰り返すたび、浮世絵のように、どろろん、と色濃い煙が生まれた。だが、ふかしぎな光景に感心する余裕はなかった。

自分はふつうの人間だ。

馬にも数えるほどしか乗ったことがない。

手綱なしでこのスピードは、落ちろといっているようなものじゃないか。

それに、唐傘、筆、飴《あめ》の袋を抱えこんでいる状態なのだ。

思ったとおり落ちかけたとき、にゃん、という鳴き声が聞こえた。

どこからか飛んできた黒ぶちの猫が七生の袖《そで》をくわえ、落下をふせぐ。猫はそのまま、七生の前におさまった。

「黒田!?」

七生は、黒ぶち猫の黒田が飛んできた方向を見上げた。

まんじゅう屋の屋根の上に、着物姿の少女が座っていて、こっちに手を振っている。あれは雪虫の月子《つきこ》だ。

後方からの雨を押さえつけるように、びゅう、と雪が強くなる。

抱えていた唐傘が、くるっとうごく。七生に雪があたらないよう、位置を変えたようだった。

なんだこれ、なんだよ。

助けられているじゃないか。

俺ってけっこう、大事にされてる。

走っても走ってもちかづかないと思っていたことのは屋が、いつのまにか迫ってきていた。雪が、雨を制したせいかもしれない。

「おまえたちは、人間側に寝返るのか」

うらみのこもった声が、後ろから追いかけてくる。

緑がいったんとまり、振り向いた。

雪のいきおいも心なしか、弱くなる。

緑と月子の迷いを、七生は感じ取った。

「仲間よりも、人を取るのか」

「ばけものの矜持《きょうじ》はどうした」

七生は、すううっと大きく息を吸いこんだ。

ここで気張らなきゃ、だめだろ。

ぶんっと唐傘を、振る。

「しずまれ」

震えをごまかすために、声を張り上げる。

「俺は赤城の者、この地を護《まも》る水神の裔《えい》だ。おまえたちは、龍《りゅう》の子を食らうというのか」

雨が、やむ。影の群れが、息を殺す。

「すべてのあやかしたちに告げる。俺が龍公だ。おまえたちの長だ。俺が道を渡るときは、決して阻むな」

しばらく沈黙がおとずれたあと、あやかしたちが、ずるると後退した。

ハッタリ効果が失われる前に、はやく行け。

くるりと傘をまわし、緑に合図を送る。

どろろん、と色濃い煙を立てて、緑がみなを威嚇するようにその場を一周し、跳躍した。

ここで落下したら、終わる。

そう思って、七生は必死にこらえた。

ことのは屋が、ちかづく。阻むものは、もういなかった。

開かれた引き戸の前で、ちいさなあかりが揺れている。

ほおずき形の提灯《ちょうちん》を手に提げた、ふわふわ頭の男がそこに立っている。

「おかえり、龍公」

そいつがにんまり笑ったとき、見えない手に、ぐんと全身がひっぱられた。

店内に、七生を乗せた緑が飛びこむ。

ばしん、と音を立てて引き戸がひとりでにしまった。

集中力がここで途切れた。七生は、緑の背から転げ落ちた。

ぜえぜえと、荒く息をする。

助かった。

死ぬかと思った。

龍公なんて、こりごりだ。

そう思ったのに、緑色の虎にぺろりと頬を舐《な》められたとき、口から出てきた言葉は、

「ただいま」だった。

◆◆◆

傷の手当てを受け、熱い風呂《ふろ》に入り、毛布にくるまって、七生はようやく復活した。

ストーブであたためられた居間には、全員が集まっている。

神妙な顔をした黒田と緑は、七生が風呂に入っているあいだに、人の形に戻った。

逆に百重は、でぶ狐に変化している。

テーブルの上には、七生が買った飴の袋と、筆の山水が置かれている。

「龍公や」

百重がおずおずといった調子で七生を呼ぶ。

「山水を責めないでおくれ。あかしぐらに連れていったあと、未熟なつくもがみたちがさ

わぎ立てたのよ。龍公が山水を人間に売り飛ばしたと。それで、あかしぐらのつくもたちが、おまえさまを襲った。山水は、やつらをとめようとしたが、なにせまだこの通り、口もきけぬ」

「……」

「さっきのやつらは、私があとでちゃんと仕置きをしておくよ」

「……」

「怒っているか？」

七生は、無言で百重の頭をなでた。

それから、飴の袋を指差す。

「おみやげ。おまえたちに」

その言葉で、しおらしくしていた緑がとつぜん、腹を立てた。

「呑気《のんき》になんで飴なんか買ってるんだよ！　寄り道するから狙われるんだ。まっすぐ帰ってこい！」

「いいだろ。おまえたちに買いたかったんだ」

「だから、なんで飴！」

「詫《わ》び」

まじめな言葉を口にするのは、しんどい。はずかしい。

それだけ言葉って重いんだということなのかもしれない。

「俺は、自分の意思でここに帰ってきたんだ。じいちゃんに頼まれたからってだけじゃない。寂れていてもこの町が好きだし、まんじゅうもうまい。気楽に見えるかもしれないけど、いや、実際俺は気楽なやつなんだろうけど、ときどき必死なんだ」

うまく言えない。

七生は頭までかぶっていた毛布を、肩までひき下ろす。

「じいちゃんのようにはうまくできないよ。俺はじいちゃんじゃないから。でも、俺が帰りたいと思うのは、ここだけだよ。ここしかないんじゃなくて、ここじゃなきゃだめなんだ」

百重がひょいと七生のひざに乗る。

「おまえたちにもいつか、そう思わせてやりたい。行くところは無数にあっても、ここに帰ってきたいって感じられるように」

筆の山水は、話なんかどうでもいいのか、楽しそうに飴袋のなかに入ろうとしている。

しばらくして、緑がためらいがちに訊《たず》ねた。

「龍公。飴、食べていい？」

「いいよ」

「龍公や。私は抹茶の飴がいい。取ってくれ」

「はいはい。黒田は？」

「薄荷で。龍公、はい、は一回です。おかえりなさい」

「はい」


翌日、七生は、桜井に電話をした。

仕事で失敗したよ。

身が切られるような思いをしたよ。

とうとう初雪が降ったんだ。寒い。

電話の向こうの友人はちょっと笑って、それから、この前は悪かったな、とささやいた。

悪いと思うなら今度こっちに遊びにこい、仕事と雪かきを手伝え、と七生は言い返しておいた。

明るい笑い声が聞こえた。

今日も、ことのは屋の丸椅子の上では、でぶ狐がしあわせそうに、いねむりしている。

あとがき

本書をお手に取ってくださりありがとうございます、糸森環《いともりたまき》と申します。

富士見L文庫様では、はじめましてとなります。

この物語は、まったり風味をめざした、人とあやかしとの交流記《こうりゅうき》です。舞台にした町は創作です。また、実在の団体とはいっさい関係ありません。

謝辞《しゃじ》を。担当者様、いつも大変お世話になっております。お心遣いに日々感謝しつつ、今後ともどうぞよろしくお願い致します。

二《ふた》ツ家《や》あす様。ご一緒にお仕事をさせていただけまして、とても光栄です。かわいい格好いいあたたかい、な魅力いっぱいのキャラクターデザインと、素敵な表紙イラストをありがとうございます。もふもふ百重をさわりたいです。

編集部の皆様、関係者の方々、校正さん、営業さん、本を並べてくださる書店さんに心よりお礼申し上げます。家族や知人たちにも感謝を。

この本を読んでくださった皆様、少しでも楽しんでいただけましたら幸甚《こうじん》です。

富士見Ｌ文庫

今日《きょう》から、あやかし町長《ちょうちょう》です。

糸森《いともり》 環《たまき》

平成28年12月15日　初版発行

発行者　三坂泰二
発　行　株式会社KADOKAWA　http://www.kadokawa.co.jp/
〒102-8177　東京都千代田区富士見2-13-3
電話　0570-002-301（カスタマーサポート・ナビダイヤル）
受付時間　9:00～17:00（土日祝日年末年始を除く）

印刷所　旭印刷
製本所　本間製本
装丁者　西村弘美

定価はカバーに表示してあります。

ISBN 978-4-04-072132-3 C0193　©Tamaki Itomori 2016　Printed in Japan